双葉文庫

あやかし屋台 なごみ亭

金曜の夜は不思議な宴

篠宮あすか

もくじ

・はじまりの一夜 …… 004
・二夜・あの子のシチュー …… 042
・三夜・金曜日の醤油風味 …… 103
・四夜・お節介な餃子奉行 …… 161
・五夜・玉子焼きとやさしい番人 …… 216
・番外夜・ある日、彼女の憂鬱 …… 263

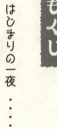

椎葉なごみ(26)

金曜日の夜にだけ、中洲に現れる屋台「なごみ亭」の女主人。
祖父から受け継いだ屋台を守ることに情熱を傾けている。

コン(年齢不詳)

注連懸稲荷神社の神使の見習いの見習い。「なごみ亭」で働いている。
訳ありの客を店に連れてくる"客引き"。

木戸浩平(20)

成人式を迎えたばかりの大学生。

幼少期の経験によって味覚の一部に障害を持っている。ひょんなことから、「なごみ亭」で働くことに。

はじまりの一夜

「ヘタクソ。やり直しい」

成人してから、だれかにこんな叱られ方をするとは思ってもなく、木戸浩平《きどこうへい》はため息をついた。

皿のうえに投げ出されたれんげを眺めると、まるで自分の存在をぞんざいに扱われたような気がしてくる。

勢いをつけて落下してきた重石《おもし》が、胸の底を足元までぐいと引っ張っているようだ。気分から計測すると、時速120キロくらいだろうか……。そうすると、ホークスピッチャーの球をグローブで受けとめる感覚は、こんな感じなのかもしれない。

そんなことを考える程度には、打ちのめされた。

渋々と彼女の目の前から皿をさげながら、浩平がぼやく。

「……だいぶ上達したと思ったとですけど」

「上達？　これで？　こげん味でお客さんば迎えるくらいなら、いっぺんその指ぜんぶ切り落としてしまいい」

まるでスプラッター映画のようなセリフを言うと、なごみが鋭い視線を浩平に向けた。

彼女はここの主《あるじ》、椎葉《しいば》なごみ。若いながらも女手ひとつで屋台を切り盛りしている、博《はか》多《た》っ子だ。

きゅっと綺麗に引っ詰められた黒髪は、なごみの小顔と、整った顔のパーツを際立たせる。

「なん？　人の顔ばジロジロ見て」

さすがに、男の浩平よりも背丈は低いが、腰に両手を当てながら背筋をピンと伸ばして仁王立ちしている立ち姿は、身長差でひけをとることはない。

「あー……いや、なごみさん、お客さんにはやさしかとになあ、って」

「お客さんには？」

「ちかっぱ厳しいやないですか、ぼくには」

「アンタ、やさしくしてほしかと？」

「そりゃあ、そうでしょ」

さっき、バッサリと差し戻し判定をくだされてしまった自作のチャーハンを、浩平はれんげで掬《すく》って口に運ぶ。

……不味《まず》い。数分経って、冷えたことを加味しても、不味かった。

浩平が閉口したのを見計らったように、いつの間にか握っていたフライ返しを、なごみは振り降ろす。

「痛ってえ!!」

「チャーハンすらマトモに作れん落ちこぼれが、やさしくしろとか指図するげな、百万年はやか！　せっかく福岡で生まれ育った高菜《たかな》が、台無しやろっ」

ジンジンと痛む頭のてっぺんを撫でながら、なごみに向けた視線が恨めしげなことは、浩平自身もよく分かる。

「やけんって——物を使うとか、虐待っすよ、虐待！」

「虐待？　ああ……そうやね。アンタのおつむは二歳児やっけ？」

フライ返しで自分の肩をトントンと叩いている、なごみの勝ち誇ったような顔にグッと押し黙って、浩平は再び、ため息をついた。

「……もうよかです。はやく開店準備せんと、お客さん来ますよ」

開店前から、厨房で立ちつくして落胆する浩平とはまるで対照的に、椅子に腰掛けて、カウンターで頬杖をつきながらあくびをしているもうひとりの姿に、なごみが目を向けた。

「言われんでも分かっとう。しっかり呼び込みしてきいよ、コンも」

「あいよ」

つり目がちのビー玉みたいな目を細めて、愛嬌たっぷりに微笑んだコンは、緩慢な返事とともに敬礼のような格好をする。

「ちょ、なごみさん、なんでアレば叱らんとですか⁉　差別！　ぜったい差別やろっ」

「別に、コンのアレはいつもんことでしょう！」

「じゃあぼくのコレも、いつもんことと」

手元のチャーハンをなごみの顔のまん前に突き出して、血気盛んに言い返す浩平を、コンがからからと笑い飛ばした。

「あきらめるしかないねえ、浩平。おまえさんがここに呼ばれたのは、そうやってなごみに教育を受ける必要があったからだって、あのときにも教えただろう？」

光の加減では、金色に見える波うったパーマっ毛を、ふわりと揺らしながらコンが立ちあがる。

「なごみ、時間は？」

「開店まであと一分」

「上等。今日は、準備も余裕だねえ」

コンが見渡した屋台の様子では、あと一分などでは開店できそうな雰囲気はなく、厨房以外は、たった今移動してきましたと言わんばかりの状態だ。

それでもたしかに、一分もあれば余裕だし、コンがのんびりとかまえていられる理由を、なごみも浩平も分かっていた。

そして、ここから……。

コンが手をあげて、顔の横でパチンと指を鳴らす瞬間を見るのが、最近、浩平が気に入っていることでもあった。

今日は、週に一度必ず訪れる金曜日——中洲《なかす》のシンボルである屋台のなかのひとつ、『なごみ亭《てい》』が開店する日だ。

＊＊＊

『那珂川《なかがわ》通りには、不思議な屋台がある』

浩平がそれを耳にしたのは、一月に成人式で顔を合わせた同級生たちのウワサ話からだ。

ウワサというものは風のように流れるものだ。でも、知らずにいればずっと知らないままだし、逆にウワサのほうが人を選んでいるのではないのかと、最近の浩平は考えるようになった。

このときの友人もよそからの又聞きで、ウワサの内容に対する詳しいことは分からないらしかった。

ただ、浩平がこのときに知ったのは、

・その屋台にはメニューがない
・だれもが行けるわけではない
・いつもあるわけではない
・店主の女性はモデル並みの美人

というもので、個人的には一番最後の部分を検証してみたいと思う程度で、しょせんウワサにすぎないと思っていた。

そもそも飲食店で、メニューのない店など見たことがなかったし、そこはどうにかなるとしても、『だれもが行けるわけではない』『いつもあるわけではない』の部分については、分かりやすく見せかけてまったく理解はできなかった。

けれど、この会話をしていたのは酒の席だったこともあって、浩平も、浩平といっしょにこれを聞いていた友人たちも、反応はまちまちながらもそれぞれ軽く聞き流していたことは覚えている。

とはいえ、この日はそのウワサ話があったおかげで、浩平も楽しく酒を飲むことができた。いつも気になっていたことから、気をそらすことができていたからかもしれない。

友人たちの前に並ぶ仕出し弁当が、つぎつぎと空になっていくなか、浩平のものだけはいっこうに減らない。それを、手つかずのまま持ち帰ることが分かりきっていた浩平は、早々と蓋《ふた》を閉めた。

どうせ、食べても味気ない。

キュウリやかんぴょうや玉子が巻かれた巻き寿司も、頭つきで茹でられている海老も、昆布巻きといっしょに炊かれた蓮根も、浩平にとってはなんの感動も……味も与えてはくれないと知っている。

無味というわけではなく、甘味や辛味、酸味は感じる。けれど塩気だけは、どう頑張っても感じられない。

けっきょく要《かなめ》の味を感じられない料理は、バランスを崩してでしか浩平に味を伝えてくれないせいで、毎日、空腹を満たすためだけに美味いとはいえない食事をとっているにすぎなかった。

この日、成人式の会場になっていたのは、キャナルシティ博多の横にあるグランドハイアット福岡だった。こんな式でもなければ、浩平たちが訪れることは滅多にない立派なホテルだ。

博多駅に行くにも西鉄福岡（天神《てんじん》）駅に行くにも、ちょうど中間地点のこのホテルからの徒歩圏内には、博多祇園山笠《ぎおんやまかさ》の舞台でもある櫛田《くしだ》神社がある。

アルコールでほどよく上機嫌になっただれかが、「お櫛田さんにいこうや」と言い出したところまでは、浩平も記憶している。空きっ腹で飲んだことと、友人たちの盛りあげ効果のせいか、解散近くの記憶があいまいだった。

翌日の寝起きの気分は最悪だろうなと思いつつ、自宅に帰りついたなり適当に脱ぎ散らかしてベッドにもぐり込んだところで、この日の記憶は途切れていた。

「あー、あったま痛え……」

寝つくまぎわの予想どおり、寝起きは最悪以外の何物でもなかった。

「おはようさん」

「ああ、うん……おはよー」

ざらつくような頭の重さを感じて、無意識にこめかみを押さえる。すっかり干からびた声帯をなんとか震わせて、聞こえた声に返した――ところで、浩平はハッとした。

「おはよう!?」

「朝の挨拶は、〝おはよう〟だろう?」

勢いよく飛び起きたせいで、酸素の行き渡っていない脳内がクラリと揺れる。それでも必死に焦点を合わせた視界には、知らない男の姿があった。

「だ、だれね!?」

不法侵入かと部屋の窓を確認してみると、鍵はかかっている。ヘッドレストにある時計を見ると、朝の七時。一階から入るにしても、すでに母が起きて居間にいるはずで、二階まで入り込むには多少リスクがあるように思える。

「寝起きから落ちつかないねえ。いつもこうなのかい？　おまえさん」

いやいや、おまえが落ちつきすぎやろう！　と、つっこみを入れそうになりながらも、どうにかとどまった。

「ちょ、ちょっと質問したいっちゃけど……」

冷静に対処しろと自分自身に言い聞かせながら、浩平は改めて男を見た。いつのまにか、ベッドのうえで正座までしてしまっている浩平に、続きを促すように男は落ちつきはらった視線を向けた。

「いつからここにおったんですか？」

「昨日の夜だね」

「夜!?　ど、どうやって入ったとですかっ」

「どうやってって……連れてきてくれたのは、おまえさんじゃないかい」

「ぼくがっ!?」

男からの返答に、頭がショートしそうだった。酔った勢いで連れ込むなら、せめて女の子やろう……て、それもどうかと思うけど、男って――そこまで考えて、相手を観察してみる。

透き通るようなきめ細かい肌に、綺麗な造りの容貌をしていて、酒の勢いがあればイケないことはなさそうだ。

「いやいや！　ぼくは健全、女が好きやけん!!」

と、混乱する思考をかきけして叫んだ浩平に、男は訝《いぶか》しげに眉を寄せながら言った。

「なんの宣言だか分からないが……ひとつ教えてほしいんだよ。今日は金曜日だったかい？」

自分と違い、あまりにも冷静な男の態度に急に恥ずかしくなって、浩平はもう一度、正座をしなおした。

「……そうですね」

「それはちょうど良かった。おまえさんに頼みたいんだが、オレを主《あるじ》のところに帰してくれないかい？」

「あ、あるじ？」

やけにまったりとした口調はともかく、浩平とあまり年代が変わらないように見える男が、「主」という言葉を口にすることに、違和感を覚えずにはいられない。けれど、目の前にある平然とした表情を見ているかぎり、それが男のいつもの姿なのだろうと思えた。

「……その主って、どこにおるんですか?」

「中洲だね。おまえさんにも都合があるだろうし、帰してもらうのは夕方でかまわないからさ」

夕方に、中洲。

帰りたい場所は分かっているのに、ひとりでは帰ろうとしない理由が、浩平には分からない。

首を傾げていると、男はその場でゴロンと寝そべった。

「あの……その体勢はなんでしょうか?」

「質問ばかりだなあ、おまえさん。ついさっきも言ったと思うけどさ、夕方はまだだし、この時間に出歩いたら疲れるからねえ。これも縁だと思って、もうしばらくはここでくつろがせてくれないかい」

人間離れしたようにも見える色白さは、もしかして病弱さからくるものなのだろうか?

そうだとすると、ひとりで中洲まで帰れないという説明も、多少強引だけどつく。

「なんていうか……見ず知らずの他人の家で、よくそげんマイペースにくつろげますよね」

「そうかい？　だっておまえさん、悪い人間じゃないからねえ」

その自信がどこから出てくるのか……とは感じたが、あっさりと信頼されてしまったことで、浩平は無下に放り出すこともできない気がした。

「とりあえず名前、教えてくれません？　不便やけん」

「コン」

「は？　こん？」

「そう、コンって主が決めたのさ」

こん……紺？　変わった苗字（もしくは名前？）の人間がおるもんやな――と、わずかに不思議には思いながらも、浩平も自分の名前を伝えて、夕方までに二日酔いを覚ましておこうと、コンに倣《なら》うようにベッドに寝転んだ。

そうして訪れた、夕方六時近くの中洲の街。

金曜日ということもあるせいか、仕事から解放されて、心なしか晴れやかな顔に見えるサラリーマンたちは、中洲の歓楽街を足早に通りすぎる。

「着きましたね、中洲。昨日のことはまったく覚えとらんけど……とりあえず、これで借りは返したってことで」

起き抜けから、不思議な一日だった。

けっきょく、何者かも分からないままコンと同じ空間ですごし、あまりに手持ちぶさたに感じてめずらしく部屋を片づけてみたりした。

まるでコンのほうが住人であるかのようにゴロゴロとしていて、いつもそうなのかと訊ねた浩平に返ってきたのは、「不馴れな場所の空気に馴染むのには、時間がかかってくたびれるんだよねぇ」という言葉だった。

ところどころで浮世離れしていて、探ろうとしてもまったく窺《うかが》い知れないこの人物から、ようやく解放される時間がきたことに浩平は安心していた。

「ここまでくれば、もうよかでしょう？　それじゃ！」

うしろを静かについてきていたコンに挨拶をして、浩平はそそくさと立ち去ろうとする。けれども、「それじゃ！」とあげていた手がまばたきの隙に掴まれてしまった。

「なに、帰ろうとしているんだい。おまえさんにはまだ役目があるんだよ、浩平」

「役目って……中洲まで引率してきたっちゃけん、それでじゅうぶんやないですか」

「じゅうぶん？　甘いねえ。たぶん主は怒っているはずだから、その怒りを分散させるものが必要なんだよ。分かるかい？」

「分散って、まさか、ぼくまで巻きこむ気かっ」

「当然。生かすべきは、この奇縁ってね」

「奇縁とかなんとか、ぼくはそげん言葉でごまかされませんよ！」

飄々《ひょうひょう》と微笑んでいるコンの手には、そう力が入っていないように見えて、浩平は言い返しながら手を振り払おうとした。

だが、

「あっ、あれ？　なんで⁉」

まるで、柳の枝葉が風に吹かれるようなさまで、コンの手はしなやかに浩平の腕の動きについてくる。はなから、なんのアクションもなかったというようだ。

「おや……今、なにかしたかい？」

ただただ悠然とした微笑みを浮かべるコンを見て、今度こそと浩平はむきになって、さきほどよりも勢いをつけて手を振ってみる。

だがやはり、浩平の手首は解放されなかった。

「いや、ちょっと離してくれませんか……不気味」

「不気味か！　失礼な言い方をするものだねえ、おまえさんは」

からからと笑いながらも、手を離すそぶりを一ミリも見せずに、コンはスタスタと歩き出した。つられて、浩平の足も引っ張られていく。

見た目からはあまり男臭くない、どちらかというと非力な感じにも見えるのに、まったく抗えないことに浩平は驚き、そして戸惑う。心境を表せば、まさに不気味としか言いようがなかった。

コンはそのまま中洲の街並みから国体道路に出て、福岡の中央区、天神方面へと足を向ける。そうしてしばらく進んだ先、那珂川にかかる春吉橋《はるよしばし》の前でピタリと足をとめた。

夕方、時刻はそろそろ六時を回るとあって、川沿いからキャナルシティ博多まで続いている那珂川通りには、屋台がズラリと並んでいる。そして、金曜効果も大きいのか人もあふれかえっている。

「さあ、こっちだよ」

その人波のなかを躊躇《ちゅうちょ》なく、キャナルシティ博多方向へとコンは突っ切っていく。

コンが言う『主』の正体がますます分からなくなりながら、浩平は通りの様子を流し見た。

どの屋台の前も、空席を待つお客の列ができていて、なかには目当ての店のメニュー表を片手にしている姿もある。

浩平自身はあまり立ち寄ったことはなかったが、以前なにかのテレビ番組で、屋台好きな芸人がその魅力を語ったことで、今では多くの若者が屋台に立ち寄るようになったと聞いたことがあった。

そして、実際に見てみればその通りだと実感できる。

「……あのさ、もう帰らんけん、そろそろ離してくれません？」

同時に、その若者たちからの好奇の視線を感じて、さすがに浩平は掴まれた手をどうにかしたくなった。

浩平の言葉が聞こえたせいなのか、と疑うタイミングで、再びコンがピタリと足をとめる。

列の最後にある屋台を通りすぎて、清流《せいりゅう》公園の前に着いたところでだ。

「あの、聞きよう？　人の話」

「今は邪魔しないでおくれ」

うつむき気味に目を閉じたまま、浩平には目もくれずにコンは返した。

いっしょに来いと言ってみたり、邪魔者扱いしてみたり……どっちが失礼な言い方をしているのか。

そう思いながらも、寸前までの飄々としていたコンとは違う気配になった気がして、浩平は言われるままに口をつぐんでいた。

「——よし、繋がった」

〝繋がった〟と意味の分からない言葉をつぶやくと、ようやくコンは浩平の顔を見て、ニコリと微笑んできた。

「悪かったねえ、主の店はすぐそこだよ。行こうか」

言い終わるかどうかの瀬戸際で、コンは踵を返してもとの道を逆戻りしていく。

「え、なん？　コンさんの主って、もしかしてここの屋台陣のなかにおるんですか？」

「そうそう。けどねえ……」

清流公園からほんの六歩、

「——あれ!?」

一度通ったときにはなかった場所に、一軒の屋台があった。

さっき、列の最後だと思っていた屋台は、たしかにもうすこし先にあったのに——と、奥に見えている屋台を確認する。

まちがいなく、浩平の思っている屋台は、まだ先に見えた。

あれだけできていた行列もなく、それどころか、他の人にはこの屋台がまったく見えていないように、みんな素通りしていく。

「ここが目的地さ。普通じゃちょっと、来るのが難しくてねえ」

コンはそう言いながら、まだ開店していない屋台のなかへと入っていく。もちろん、浩平の手は引いたままでだ。

「なごみ、戻ったよ」

なかで待ち受けているのは、どんな厳《いか》ついオヤジだろうか……と、不安だった浩平の目に飛び込んだのは、小柄な若い女性だった。

しかも思いのほか美人で、浩平はドキッとしてしまう。

「……遅い」

「悪かったねえ、ちょっとした迷子だったのさ」

「迷子？」

ほんのすこし渋い顔をしながら、コンのうしろに立っている浩平に、彼女は視線をやった。

「この坊やは拾い主の木戸浩平、ここまで送ってもらった。浩平、彼女がオレの主、椎葉《しいば》なごみだよ」

見た感じ、ハタチの自分よりコンのほうが明らかに年上そうなのに、〝迷子〟やら〝拾い主〟やらと言われてしまって、どことなくバツが悪い気がした浩平は、おずおずと頭をさげた。

浩平にうなずくような会釈を返して、なごみは再びコンを見た。

「自業自得やろ、どうせ」

「冷たい言い方するねえ。ちょいとしめかけに散歩に行ってみれば、いろいろと予定外なことがあったのさ」

「……ごはんは」

「うん？」

「夕食、食べたと」

「朝と昼は浩平といっしょに。夕食はまだだけど？」

「すこし待っときい」

そう言うと、なごみは背を向ける。そのあとすぐに、コンロに火を点ける音が聞こえて、皿の準備を始めた。

今の会話の流れからすると、彼女は夕食を準備しているのかもしれない。

「――怒っとらんじゃないですか、主さん」

いつのまにか解放されていた手首を振りながら、浩平は小声で言う。

「本気でそう思うかい？」

それに合わせたようにして、コンも小声で返した。

「だって落ちついとうし、たぶんあれ、飯作ってくれようとでしょう？」

「逆だねえ、逆。なごみは冷静なときほど、めちゃくちゃ怒っているパターンだ」

「いや、初対面やけん、パターンとか言われても分からんけど……」

ボソボソと話すふたりをよそに、屋台の厨房から、香ばしい匂いがしてくる。

なにかを焼く匂いだろうかと考えている浩平のかたわらで、コンの顔が明るくなったのが分かった。

「食べりい、夕食」

そうして、目を輝かせているコンの前に置かれた皿のうえには、焼き目のついた油あげが置かれていて、ほわりと揺れる湯気に乗って、さっきの香ばしい匂いが漂った。

「……なんで、あげ？」

酒の肴《さかな》の一品料理のたぐいなのかと、首を傾げる浩平の横で、コンが反応している。

「あげ、あげかい!? だからなごみのこと好きなんだよ、もう最高に好きだね!!」

まるで飼い犬が尻尾を振るようなはしゃぎっぷりで、コンは椅子を引いてすばやく腰かけた。

その隣の椅子に、浩平も腰を降ろす。

相当な好物なのはコンの様子から一目瞭然だ。食にはたいして執着が持てない浩平の目には、どこか羨ましく映る。

「いただきますっ」

さっきまで自分が見ていた、飄々とした男はどこへ消え失せたのか。

そう疑うくらいの従順な姿勢で、コンは大きくひと口めをほおばった。

だが——。

「！　辛っ」

コンはすぐに、悶えはじめた。

「な、なん？」

目まぐるしく変わったコンの様子に、浩平のほうが驚く。

「……なごみ、好物を使ってまで……おまえさん、卑怯だな」

口元を押さえて涙ぐんでいるコンの手元を見ると、噛み切ったあげのあいだに、なにか真っ赤なものが確認できた。

「あの、なんか見ちゃいかんもんが見えた気がするんですけど……」

思わずなごみに問いかけた浩平に、彼女はうっすらと微笑んで言った。

「特製、激辛辛子めんたいソース。一味増量」

「辛子めんたいに、一味……」

一見、ただの油あげにしか見えなかったのに、なかにそんなものを仕込んでいたとは。目の前の微かな微笑みが、浩平には悪魔の微笑みに見えてくる。

さっき、彼女はめちゃくちゃ怒っているらしいと、コンはたしかに言っていた。言っていたけれども……そのやり口はあまりに姑息《こそく》だと、浩平は内心でコンに同情してしまった。

「ちゃんと帰ってきたのに……あんまりじゃないかい、なごみ」

「そうやね、帰ってきた。開店時間ば五分過ぎてね」

「……もう遅刻しません、反省しました」

冷たくあしらいながらも、ちゃんと前もって準備していたのだろう。

「分かればいい。開店準備すぐして、コン」

お冷やを注いだグラスを、コンに差し出したなごみが言う。うなずいたコンは、浩平に目を向けた。

「ほら、怖い人だろう？　主」

そうやって苦笑いをしたと思うと、コンは顔の横で、パチンと一回指を鳴らす。

「え――」

それは、一瞬だった。

ほんの一瞬、浩平がまばたきをするほどの隙で、屋台はすでに営業をしているというように、様変わりしている。

たしかについ寸前まで、カウンターの椅子なんか並んでなくて周りにはついたてのような板があって、お客を迎えられるような状態ではなかったのに――と、なにが起きたのかすぐには理解できずに、浩平は言葉をなくしてしまった。

ポカンとしている浩平に気づき、なごみはコンを見た。

「……まさか、彼に言っとらん?」

あくまで淡々とした表情でいるなごみの心境は、浩平には読み取れない。けれど、彼女の顔を見てわずかに固まったようなコンの表情から、快く思ってないのだろうということが窺えた。

「ああ、そういえば、まだかもしれないねえ」

「コン、ふざけるのは見た目だけにしときぃよ」

「うわ、ヒドイ。ヒドイじゃないかい、なごみさんよ。こんなイケメンを捕まえて」

「……アンタが人間やったら認めてもいいけどね」

大げさなため息をつきながら、なごみが浩平に目を向けた。

目の前で起きたこともだが、今の会話にもやはり、自分の耳を疑うような響きが含まれていた気がする。

朝、起きてからずっと、浩平がときどき感じていたこと。

「あの――」

「……木戸さん、やったね。コンと、どこで会った？」

「いや、それが……あんま覚えてなくて、ですね」

今日は一日を通して本当に不思議で、まるで……、

「さっき、ちゃんと言ったじゃないかい、なごみ。昨日、しめかけに散歩に行ったってねえ。浩平、おまえさんがオレを拾ったのは、注連懸稲荷《しめかけいなり》神社だよ」

「注連懸稲荷神社……？」

「木戸さん、コンはお狐さん」

まるで、狐につままれているみたいだ、と。

「き、狐って……」

思考を急いで整理しようとしても、すぐには追いつかない。どう考えても現実的ではないからだ。

けれどその非現実的な光景は、実際に目の前にある。

これだけ不思議なことが起こっているのに、那珂川通りを行き交う人波は、さっきからこの屋台は目に入らないように素通りだ。

もしかしてこれは長い夢で、目が覚めればまた、不快な二日酔いに襲われたりするのかもしれない。

そんな浩平の考えを読んだように、お冷やを飲み干したコンが言う。

「夢じゃあない」

「へ?」

「夢じゃないよ、浩平。おまえさんがここに居合わせているのは、すべて必然さ。オレを拾ったことも、だね」

狐だとか言われても、唐突すぎて俄《にわ》かには理解はできない。だったらひとまず、発端から整理をしてみればどうかと考えて、浩平は訊ねた。

「ちょ、ちょっと待った。昨日はたしかに、友だちと櫛田神社には行った……と思う。で、注連懸稲荷神社って言ったら、お櫛田さんの奥にあるとこでしょう? そこに寄った覚えはないんですけど」

酔いでおぼろな記憶とはいえ、見ず知らずのこんな男を連れていれば、友人のだれかしらがつっこんでいたはず。だが、いくら探ってもそんな記憶は欠片も見当たらない。

そして昨日だけじゃなく、これまで櫛田神社に出向くことはあっても、稲荷に足を延ばしたことはなかった。

「そう、おまえさんたちが来たのは櫛田神社だったねえ。けど、帰り……稲荷側の裏門から出たのを覚えてないかい？　寄ってはいないが、通りかかった。よーく思い出してごらん」

「思い出しいって……」

困惑する浩平に、なごみが問いかけてくる。

「もしかして、石、拾った？」

「石、ですか？」

その言葉で、かすかな記憶が頭に過《よぎ》る。

浩平も友人たちも、上機嫌なまま注連懸稲荷神社の前を通りかかって、

「そういえば……稲荷の入口にある狐の石像んとこ、なんか光った気がして確かめに行ったら、お狐さんの足元に丸っこい石があって……これが光るわけないかって」

浩平は一度、足をとめた気がする。

「そうそう。浩平が石を拾ったとき、ちょうど友だちに呼ばれていたっけなあ。酔っていたおまえさんは、無意識にそれをポケットにしまったのさ。オレを連れ帰ったいきさつが、

これだ」

「連れ帰ったって、今ん話にコンさんは一回も出てきとらんですけど」

自分の記憶には、コンと会ったようなエピソードなどいっさい出てこない。聞いていれば、酔っぱらいが石ころを拾って、ただ持ち帰ったという話だ。

成人式を迎えて、なんてくだらないことをしているのか。なかば自分に呆れている浩平の前で、なごみは大きく息をついた。

「木戸さん。その拾った石が、コン」

「……はい？」

さっきから彼女は、信じがたいことばかりを言う。どこから正せば話が分かるのか、浩平にはもう、見当がつかない。

「すぐに信じろとは言わん。はじめは信じんかったけん、わたしも」

「冗談だろう!?」

あっさりと言いきったなごみに、コンは驚愕を顔全体で表した。

「嘘ついて、わたしにはなんの得もなか」

そういえば、コンに名前を訊いたとき、「主が決めた」などと変なことを言っていたのを思い出した。

〝主〟という呼び方もそうだし、一日を通して感じた浮世離れなところも、なんとなく説明がついてしまう。

――コンが狐という点を、浩平が信じてしまえば。

本人も得はしないと言っていたが、なごみは嘘をついているようにも、浩平をバカにしているようにも見えない。

改めてこの屋台を素通りしていく人波を見ていて、ふと友人がしていたウワサ話を思い出した。

『だれもが行けるわけではない』

『いつもあるわけではない』

通りから感じるものと、さっきコンが言っていた〝普通じゃ来るのが難しい〟という言葉が、自然とリンクする。

「……まさかぁ」

ウワサはしょせんウワサで、目の前で起きていることに真実味を与えるものではないはずだ。

胸中でそう言い聞かせていた浩平を、なごみがまっすぐに見つめてくる。

「ひとつ訊いてもいいかいな、木戸さん」

「な、なんでしょう」

そのまなざしだけではなく、あまり変化のない表情ということからも、彼女にはどことなく取っつきにくさを感じる。

ぎこちなく返す浩平を意に介す様子もなく、なごみは訊いてきた。

「あんま好きじゃないやろ、食べること」

内心、ギクリとこわばった。

今まで自分では分かっていても、そんなことは誰にも言えず、母親にさえ打ち明けたことはなかった。

自分の味覚が変だということを。

浩平がちょうど一〇歳のとき、初めてそれに気づいて、図書室の本で調べていて見つけたのは『味覚障害』という言葉だった。

母親に相談していれば、もしかするとここまで引きずってこなかったのかもしれない。

けれどそこには、浩平なりに打ち明けられない理由があった。

「なんで、そげんこと訊くんですか？」

なごみの質問には明確に答えずに、浩平は訊ね返した。

「コンが連れてきたお客やけん」

「いや、ぼくはただの引率で、飯を食べにきたわけじゃ」

「注連懸稲荷神社の別名、知っとう?」

「別名?」

「あしどめ稲荷」

「あしどめ……」

「いろんな災難を抱えとう人間の足をとめてまで、福を授ける神社。コンはそこの使いの、見習いの見習い」

「み、見習いの、見習い?」

「そう。見習いの見習い」

「………ちょいとそこのおふたりさん、見習い見習いってうるさいよ」

ふて腐れたように頬杖をつきながら、コンが言う。

「神さんの使いのしたっぱでも、それなりに力はあるんだ。今日ここに来る必要があった人間は浩平、これ決定事項」

会話の中身が、いよいよ現実から離れてきている。そうは感じても、この屋台になんとなく縁を感じてしまっている自分もいて、どうにも言いようがない。

「……まだやろ」

説明しきれない心情に戸惑っていると、なごみが再び、浩平に声をかけてきた。

「なんがですか？」

「夕食。コンも食べとらんかったし」

「ああ、はい。まだやけど」

「うちにはメニューやらないけん、言って。食べたいもん」

唐突に食べたいものを言えと言われても、即答できるはずはない。浩平から言わせれば、なにを食べても変わらないのだから、別になんだっていい。

「食べたいもんとか、特には――」

「言わんなら、特製激辛めんたいソース」

ニコリともせずに、顔の横に油あげを持ちあげたなごみに、浩平は反射的に首を振る。

「じゃ、じゃあ、玉子焼き！」

「玉子焼き？」

「あの……なかに明太子が入れてある」

浩平の言葉を聞いて、なごみはちらりと油あげを見る。

「！　くれぐれも、辛さは増さんでいいですからっ」

全力で言った浩平に小さくうなずいて、なごみはカウンターに背を向けた。

「おまえさん好きなのかい？　玉子焼き」

料理の準備を始めたなごみの背中から、コンがゆったりと浩平に視線を移す。

「好き、というか……」

コンと同じ、激辛めんたいが仕込まれた焼き油あげはごめんだ、と焦って注文してしまった。けれど、なぜこの品を口走ってしまったのかと、わずかに後悔している浩平がいた。

「思い出の、料理やけん」

どうせ食べても、味覚が狂った自分の舌では、あのころの味を振り返ることもできないのは、分かりきっているのに——と。

「へえ、いいじゃないか。記憶に刻まれた食べものがあるっていうのは、幸せなことだねえ」

「幸せ……どうかいな？　それを味わえるなら、そうかもしれませんね」

「その言い方だと、味わえないって聞こえるけどねえ？」

不思議そうに首を傾げているコンを見つめて、浩平が唇を引き結んだところで、なごみが皿を差し出してきた。

「おまたせ」

受け取った皿のうえでは、できたての玉子焼きがほかほかと湯気をあげている。

そしてリクエストどおり、鮮やかな黄色の玉子に巻きとめられて、中心ではほんのすこしピンク色になった明太子が、色合いをひきしめて見せる。

あのころ、母親がよく作ってくれた玉子焼きにそっくりだ。

「ありがとうございます」

なにか勘づいたように、コンが見つめてくる。その視線を感じながら、浩平はわり箸を割った。

どうせ、なにを食べても同じこと。

どんなに似ていたとしても、たとえ母親が作ったものと同じ味だとしても、正常ではない自分の味覚では、満足することはない。食事を美味しくは、感じられるはずがない。

そんな思いで、浩平は玉子焼きを持ちあげて、投げやりに口に放りこんだ。

「——なんで、明太子」

浩平はつぶやいて、咀嚼《そしゃく》するのをやめる。

呆然としている浩平の前で、首を捻りながらなごみは返した。

「なんでって、自分がリクエストしたやろ。明太子が真ん中にある玉子焼き」

なごみの声を聞いているあいだにも、口のなかに広がり続けている味を丁寧に噛みしめて、ゆっくりと飲み込んだ浩平は夢中で訴えた。

「しました、たしかに。でも、どうせなん食べても変わらんしって思っとった！　明太子があってもなくても、どうせ同じやって!!」

「……どういうこと？」

けれど、事情を知らないなごみにすれば、それほどにいきり立つ理由も分かるわけがない。

浩平は、気持ちを落ち着けるようにゆっくりと息を吐いて、コンに、それからなごみに目を向けた。

「さっきなごみさん、訊ねたでしょう？　食べることが好きじゃないやろうって。あれ、その通りなんです」

「おまえさんがさっき言った〝味わえるなら〟って言葉と、関係があるんだね？」

返答に困ったのか、黙ってしまったなごみに代わって、コンが言葉を継ぐ。続いて、探るようになごみが訊ねてきた。

「もしかして……味覚、ない？」

「完全に分からんわけじゃ、なかです。どうしても、塩気だけ感じられんかった。でも――これは違った」

答えながら、浩平は再び、玉子焼きに視線を落とした。

「明太子はこんな味やったって、思い出した。ちゃんと、味がしました」

明太子の塩気に合わせて、玉子の味つけを調整してあった母親の玉子焼き。なごみが作ってくれたものも、明太子の味と玉子の甘味がちょうど良いバランスで、それをしっかりと舌で感じられたことに浩平は驚き、そして喜びを感じたのだ。

「一部分だけ……それはそれで、苦労するね」

「なごみさん、なんか特別な味つけしたんですか？」

「別に、特別なことはなんも……」

玉子焼きの皿には青じそが敷かれて、端にはマヨネーズが添えられている。マヨネーズのてっぺんにはひとつまみ程の黒ゴマが振りかけられていて、その色合いが、玉子の黄色と中心の赤みを引き立たせるようだ。

「そういえば、浩平」

ふたりの言葉が途切れたのを見計らったように、コンが声をあげた。

「おまえさん、こんなウワサがあるのを知っているかい？　〝那珂川通りには、不思議な屋台がある〟って」

「ウワサ――」

それはほんの昨日、成人式のときに友人から聞いて、浩平もついさっきふと思い出した

「いつもあるわけじゃない、だれでも来れるわけじゃない、メニューがない……ってやつですか？」

「そう、それだね。答えは、その店は金曜日にしか営業してなくて、必要がある人間しかたどり着けない、ということだ。そして、メニューがないのは、その人間が望む料理を聞き出して、希望を叶えるからさ」

「答えとか……なんでコンさんが知っとうとですか」

「知ってるもなにも、そのウワサの屋台は、この『なごみ亭』のことだからねえ」

ただの、都市伝説のたぐいだと片付けていた昨日の自分を、今すぐこの場所に連れてきたい。浩平は、真っ白な頭のなかでそんなふうに考えた。

いつもなら、たとえ目の前でそんなことを言われたとしても、信じることはなかっただろう。

でもたった今、浩平はたしかに料理の味を感じたし、忘れかけていた〝美味しい〟という感情を思い出しもした。

不思議な料理を出す店がある、というのも、あながち否定しきれずにいる。

「木戸さん」

まさに、狐につままれている状態の浩平に、なごみが静かに声をかけた。

「治さん？　それ」

「……それって？」

「木戸さんの味覚」

「味覚って……もう一〇年も、こげん状態なのに、今さら……」

「今さらっていうのは、ある程度努力した人が使う言葉。木戸さんは、なんもしとらんやろう？　まだ」

なごみに返す言葉が、見つからなかった。

そもそも浩平は、治るとも治そうとも、それすら考えることをせずにあきらめていたことに気がついた。

すべては過去が悪い、と、ただそのせいにして。

「ああ、そうか……分かったよ浩平、おまえさんがここに呼ばれた理由がね」

「呼ばれた、理由？」

「ここのお客は、基本オレが連れてくるんだよねえ。そして、縁があるお客にはたいてい、理由がある——なごみ」

浩平にニコリと微笑みかけたあと、コンはなごみを呼んだ。なごみは、すでに分かっていると言うように、コンにうなずき返す。

「来週から浩平も、ここで働くかい？ ここにいれば味覚も治せるはずだよ。なごみとオレは、おまえさんの先生ってところかな」

それはすべて決定事項のように告げられて、浩平は言い返す余地もなかった。

そもそも、すでに巻き込まれたコンのペースから、逃れられないものを浩平は感じていた。

そしてこれが、浩平となごみ亭との不思議な出会いとなった。

二夜・あの子のシチュー

金曜日、夕方六時。

これがなごみ亭の合言葉だということは、いつのまにか浩平にも染みついていた。

「なんて言ってもさあ、世のなかやっぱり〝コレ〟やん？」

ひとさし指と親指で丸を作って、お金のジェスチャーをしたのは、瑞希《みずき》。

中洲のクラブで水商売をしている女性だ。

「瑞希さん……そのポーズ、あんま心象がよくないっすよ」

ずいぶん前からの常連客らしい彼女のことは、浩平もすっかり覚えてしまって、瑞希もまた、浩平が新しい従業員になったことを、なんの抵抗もなく受け入れてくれていた。

「人からどう見られようとか、関係ないってば。いちばん裏切らんのは、やっぱお金やと思うっちゃんねえ。そう思わん？　浩平くんも」

「そげん語れるほどの大金、手にしたことなかですけんねー」

彼女は、もちろんコンの秘密も知っている、この店に来ることを許された数少ない常連客のひとりだ。

今日はまだ顔を見ていないが、この店の常連はもうひとりいる。自他ともに「お金が好き」だと認めている彼女と、その常連客は正反対の考えをしているせいで、ふたりはよく意見の応酬をする。

酒の入った状態でヒートアップされると、宥《なだ》めるのにいささか手を焼くものだから、浩平としては今はまだ来ないでくれと願うばかりだ。

「瑞希さん、いつ、も、の、おまたせ」

その会話をいったん区切るように、店主のなごみが料理を差し出す。

「きたきたー。なごみん、サンキュー」

『いつもの』、そう言って瑞希が必ず注文するのは、スパゲティカルボナーラだ。

屋台でスパゲティが出るとは、浩平の屋台イメージからは連想できないことだった。

しかしそれは、メニューがないこの店ならではのことなのだろうと思いながら、鼻先をかすめたチーズとパンチェッタの混ざった匂いを、浩平は深く吸いこんだ。

瑞希が「お金は裏切らん」とさっき言っていたが、浩平にとって信頼できるのは、この匂いかもしれないと思える。

舌で味わうことは難しくても、匂いは案外、刺激を与えてくれるからだ。

「カルボナーラって、〝炭焼職人風〟って意味があるんでしたっけ、なごみさん。炭焼職人が考案したとか、黒コショウは炭に見立ててあるとか、諸説あるらしいけど……」

「そう」

「へえ。よく知っとうね、浩平くん」

手元に視線を戻したなごみに代わって、瑞希が返事をした。

「いや、なんかで見かけて、炭火で作るわけでもないとに、なんで炭焼職人のネーミングなんやろうかって思ったことがあって。そういうの、一回気になったら調べたくなるとですよ」

「うげー、細《こま》かあ」

「うげーとか、瑞希さん失礼ですね」

「いちいちそげん細かいこと気にしよったらモテんよ、浩平くん」

ね、と同意を求めるように向けられた視線に、なごみは困ったような微笑みを返す。

うんとうなずいてしまえば、女子と浩平の対立図ができてしまうところを、彼女なりに一応、どっちつかずの中立でいようと心がけてくれているのかもしれない。

普段、口数は多くないなごみだが、はしばしでそんな気づかいを感じて、浩平はしばしば感心してしまうことがあった。

「なごみー、帰ったよ」

会話が途切れて、瑞希がフォークを手に取ったところで、ゆったりとした声が聞こえてくる。

「やっほー、コンちゃーん」

コンの姿を見るなり、ひらひらと手を振る瑞希に、コンがわずかにこわばった表情を見せる。

「！　瑞希、無理だからなっ」

先制攻撃ともいわんばかりの言葉を投げかけて、コンは瑞希から離れた椅子に腰かけた。

「めずらしかですね、コンさんがそげん刺々《とげとげ》しいの」

「まだ知らないだろう、浩平。瑞希は要注意人物なんだよ」

瑞希から顔を背けるように、コンは頬杖をつく。浩平は首を傾げながら、隣のなごみを見おろした。

「なんかあったんですか？　ふたり」

「……毛」

「け？」

なごみの返答を聞いてもなお疑問は解消されず、ますます首を捻った浩平に、カウンターの右端から瑞希が声をかけた。

「ねっ、ねっ！　浩平くんはもう見た？　コンちゃんが狐んときの姿」

「そういえばまだ、見たことなかですね」

〝見たことない〟とあっさり返したあと、浩平は自分の言葉に疑問を持った。

なごみ亭にやってきて、コンのことや、コンといっしょにいるなごみのことを、いやに自然と受け入れてしまっている自分への疑問だ。

「なら、見せてもらったほうがいいって！　そしたらぜったい、浩平くんだってうちと同じこと思うっちゃ」

「同じことって？」

「コンちゃんの毛皮、めっちゃ価値があるはずって！」

「け、毛皮……」

思わぬ下世話加減に、浩平は内心で引いてしまう。

そして、こんな話を毎週のようにしていれば、この屋台にまつわる不思議なことを、受け入れてしまってもおかしくはないと思える。

「信じられないだろう、浩平。まさかこんな形で、貞操の危機を感じるなんてさ」

「貞操とか大げさやねー、コンちゃん。毛くらい刈っても、またすぐ生えるやろうに」

「いや、瑞希さん……毛皮ってなったら、ただ刈り取るのとわけが違う気がするんやけど」

　自分で言っておきながら、ひどくグロテスクなものを想像してしまい、浩平はブルッと震えた。

「もー。いややねー、ふたりして本気にするっちゃんけん。コンちゃんの狐の姿は、それくらい神々しかよって、うちなりの褒め言葉たい！」

　お金が好きだとさんざん豪語した彼女のことだ、冗談とは言いながら、半分は本気な気がしてならないと、浩平は静かに愛想笑いを浮かべておく。

「瑞希さん、冷める」

　返す言葉を見つけられない浩平と、相変わらず瑞希と目を合わせようとしないコンの気配を察したように、なごみが促す。

　ビールが入ったグラスを持って、「そうやね」と返した瑞希は、右手のフォークを片手で器用に回し、巻きつけたカルボナーラを一口ほおばった。

　突飛な出会いから、ここなごみ亭で働きはじめてひと月。そろそろ片手が埋まりそうな程度に瑞希とも顔を合わせてはいるが、決まってカルボナーラを食べるときの彼女の顔は、幸せそうに見える。

　週一回は必ず食べているはずなのに、飽きることはないのだろうか……そう考えながら、浩平は自分のことを顧みた。

初めてなごみ亭を訪れて、この場所で働くきっかけにもなったあの日、コンが言った、『なごみとオレは、おまえさんの先生ってところかな』という言葉の通り、次の週からなごみは、浩平に料理を教授してくれている。

とくに自分から願い出たわけでもなく、あるいはコンに言われたわけでもなく、なごみが自ら『必要やと思う』という意思表示をしたおかげで、そんな状況になっていた。

だが、彼女に料理を習いはじめたからといって、劇的に味覚障害が改善されたわけではない。

自分で作ったものは、どんなに味を濃くしてもさっぱり塩気を感じることはできない(それでなくとも不味い)し、なごみがなにか賄《まかな》いを作ってくれても、あの玉子焼きを食べたときのように、しっかりとした味覚は取り戻せてはいない。

毎週、幸せな顔をしてカルボナーラを食べている瑞希にも、自分と同じように秘め抱えたものがあるのだろうか……そう思って眺めてみても、浩平にはそこまでのことを窺い知ることはできない。

「そういえば、コン」

瑞希がカルボナーラに集中したことで、ようやくひと息をついたなごみがコンを見る。

「はいよ」

「アンタ……客引き、行ったっちゃなかったと？」

白けたような目線に、コンはからりと笑って返した。

「ああ、行ったねえ」

「なんでひとりで帰ってきとうと」

「なにを言っているんだい、ひとりじゃないだろう？」

わずかに眉を寄せたなごみは、訊ねるように浩平を見あげてくる。

「……なごみさんだけじゃありません。ひとりにしか見えてませんよ、ぼくも」

「そうよね」

カウンターのなか、なごみの隣で同意している浩平に、コンは小さく手招きをしてきた。

身を乗り出すと、カウンターから出てくるようコンが催促する。もう一度なごみと視線を交わした浩平は、言う通りにコンのそばまで移動して、

「うわっ、なん！　いつからおったとや、おまえーっ」

その足元に見えた、小さなお客を見つけて目を輝かせた。

「……なん？」

浩平の反応に、ますます訝しげな顔をしているなごみに、浩平はその小さなお客を抱き

あげて見せた。

「ほら、なごみさん！　ミケですよ、三毛猫っ」

「猫……」

「ぼく猫派なんですよ、なごみさんは嫌いですか？　猫」

「嫌いってわけやないけど」

　おとなしく抱きあげられた三毛猫は、浩平の腕のなかでニャアと鳴く。とても人間に慣れている様子だ。

　なごみは、ジトリとコンを見る。

「コン」

「だから、ひとりじゃないって言っただろう？」

「あれ、コイツ、首に鈴がついとうですよ」

猫の首元に見つけた鈴を、浩平が指先でチリンと揺らす。なにかの合図のように、猫が再び鳴いたとき、

「あの――」

なごみとも瑞希とも違う、女性の声が浩平の背後で聞こえた。

「あ、いらっしゃいませ！」

「あの、ち、違うんです……その子」

迎えいれた浩平に、女性は慌てて返しながら、猫を指さす。

「その子、うちの猫なんです。よく脱走するんですけど、こんなとこにおったんやね」

女性がニコリと微笑みかけたのを確認したのか、猫は浩平の腕からピョンとすり抜けて、彼女の足元に擦り寄っていった。

まるで、猫が彼女をここに引き寄せたみたいだ——と、そこまで考えて、浩平がコンの顔を見たのと同時に、なごみもコンに目を向けていた。

「ほら、なんの嘘もついていない。ちゃーんと、お客は運んできたわけだ」

最初からコンはお見通しで、そのうえで自信満々に「ひとりじゃない」と言っていたらしい。

飄々と微笑んでいる顔が、どこかすこし誇らしげにも見える。

女性が抱きあげようとすると、猫は彼女の手を避けてコンの足元へと移動し、そのまま膝にピョンと飛び乗った。

「あっ、ミーちゃん！」

「ああ、おまえさんはミーという名を主からもらったんだねえ」

コンが喉元を撫でると、ゴロゴロ声帯を震わせている。

けていけばいいさ」

「いや、かまわないよ。ミーはまだ帰りたくないみたいだし、おまえさんもすこしゆっくりしていけばいいさ」

彼女が戸惑っていることに気づかないわけはないのに、コンはのんびりと女性に声をかける。

　こいつは、もしかしてコンさんの正体に気づいとうとやろうか――と、コンの膝でくつろいでいる猫の姿を見ながら、浩平は思う。

「好きなとこ、どうぞ」

困ったように立ち尽くしている女性に、なごみが声をかけた。

「好きなとこ、ですか？」

「座るとこ」

なごみの視線が自分に向いて、浩平は慌てて背筋を伸ばす。

「す、すみません！」

「？　別に、なんも言っとらん」

「いや、目が言っとうというか……すみません、ちゃんと接客します」

なんとなく微笑んでごまかしながら、浩平は女性を座席に誘導する。

改めて見てみると、栗色のショートボブが似合う、可愛らしい女性だ。

「ほかの店とは違って、猫がおってもゆっくりしてもらえると思うんで、ついでになんか、食べて帰ったらどうですか？ あ、ぼく木戸浩平っていいます」

はたして今、自分の自己紹介が必要だったのか。言ってしまったあとに、浩平ははたと気づいた。

女性は一度キョトンとしたあとに、小さく会釈を返しながら、浩平に倣って自己紹介をする。

「森下聡美《もりしたさとみ》です」

律儀な人なんやな……そう思いながら浩平もつられて会釈を返す。

見計らったように、ふたりのやりとりに笑い出した瑞希が、明るい声をあげた。

「ちょっとちょっと、お見合いの席みたいになっとうよー？」

「やっ、やめてくださいよ瑞希さん、ぼくは決してそげんつもりじゃ……」

「浩平くん、もしかして照れとうと？ かわいかー」

瑞希のペースに巻きこまれると、ひとりでは逃げきれない。助けを求めるようになごみに目を向けると、仕方ないと言うように小さく肩をすくめて、なごみが聡美に声をかけた。

「なんか、食べたいもんない？ うち、メニュー置いてないけん、お客さんに決めてもらいよる」

「なんでも、いいんですか？」

「……たいがいのもんなら、対応できる」

会話の流れが変わったことに安堵した浩平は、ふと思う。メニューがないということは、お客によっては難しいものを注文する人もいるはずだ。

それに対応していくということは、なごみの料理の腕前は、かなりレベルが高いのかもしれない、と。

考えはじめると、段々となごみの素性が気になってくる。

そうなってくると、コンがお狐さんだということ以外、まだなにも知らないでいることに浩平は気づいた。

「あの……じゃあ、み、水炊きとかできますか？」

「水炊き？」

「はい。独り暮らしやと、なかなか食べることなくって、鍋もの」

分かったと伝えるようにうなずいて、なごみはちらりとコンに視線を向ける。

「おや、ちょうどよかったねえ、なごみ」

「……用意したのはコンやろ」

「なんですかなごみさん？　コンさん、なんかしたんですか？」

寸前まで素性がどうだとか考えていたせいで、無意識にふたりに食いついてしまう。そんな浩平にわずかに驚きながら、なごみは返した。

「鶏」

「と、鶏？」

「鶏肉、コンが持ってきた」

どういうことだろうかと、浩平はコンへと視線を向けた。

「浩平は知っているかい？　博多には『はかた地どり』って、ブランド化されたニワトリがいるんだよ」

「はかた地どり……」

「郷土料理をもっと美味しく食べようってことでね、ニワトリの品種をこだわってかけあわせたのが、はかた地どりっていうのさ」

「へえ。じゃ、聡美さんが食べたいって言った水炊きとか、もってこいやん。コンさん、すごい偶然やったですね」

感心する浩平に、コンは優雅に微笑みを浮かべている。

「偶然……違う」

ふたりの会話を聞いていたなごみが、手元を動かしながらつぶやく。てっきり料理のほうに集中しているとばかり思っていたのに、案外器用な人だ……と、浩平はなごみに続きを促した。

「違うって、なんがですか？」

「今日、必要になることが分かっとったけん、コンは準備したと」

「え、コンさんそうなん？」

「それはどうだろうねえ？」

なごみは以前、コンは神さまの使いの、見習いの見習いだと言っていた。そんな彼に、人間とは違う先見の明があっても不思議ではない。

なんたって、狐だ。

なごみのことに関してもそうだが、狐であるコンが、なぜこのなごみ亭にかかわっているのかも、浩平としてはおおいに気になる点だ。

浩平はとりあえず、相変らず飄々としているコンから聡美に視線を向けた。

「さっき、独り暮らしやって言ってましたけど……」

奥に座っているコンの膝のうえで、今もなおくつろいでいるミーを見た浩平の視線に気づき、聡美はふふっと笑う。

「はい。どうしてもこの子を飼いたくて、ペットOKのとこ探すとに苦労しました」

「へえ。おまえ、幸せもんやなあ！」

まるで浩平の言葉を理解しているように、ミーはニャアと返事をした。

＊＊＊

同日、深夜二時。

閉店時間を迎えたなごみ亭のカウンターでは、腰かけて息をつくコンと浩平、そして厨房スペースに立つなごみの姿があった。

「けっきょく、今日迎えたお客さんって、瑞希さんと聡美さんだけやったけど……大丈夫なんですか？」

「大丈夫って、なんが」

素朴な疑問を投げかけた浩平に、なごみが小首を傾げる。

「いや、よそん店とくらべてお客さん限られとるんでしょ？　ていうかこん店、なんで金曜日限定なんですか？」

「コンの都合」

「まてまて、オレだけじゃなく、なごみの都合もだろう。おまえさんだって、金曜以外は

「不定休じゃないかい」

すこし前、気にかけていたなごみの素性に触れる会話に、浩平は身を乗り出していた。

「不定休って、なごみさん、ほかにも仕事しとうとですか？　そもそも、なんで狐のコンさんが屋台とか手伝っとうとですか？」

「……質問ばっかり」

「いいじゃないかい、興味を持ってもらえるのはありがたいことさね。本当は嬉しいのだろうに、なごみだって」

「コン。縫いつけてやろうか、その口」

「おまえさん、目が本気すぎるよ！」

なにが面白いのか、コンはからからと笑いながら、なごみの視線を受け流す。

初対面のあの日、コンはたしかに、なごみのことを「主」と言っていた。ふたりのやりとりからは、強い主従関係を感じるようで感じなかったり、浩平の疑問は深みを増すばかりだ。

だいたい、狐といえば神さまとかそんな立場にいるイメージでいたのに、自分とあまり年の差もないなごみを主《あるじ》にしている理由は、いったいなんなのだろうか。

――これはまた、調べてみんと気がすまん。

帰宅したら、お狐さんについてぜったい調べてやろうと心に決めた浩平に、なごみが声をかけた。

「この屋台はもともと、わたしん店じゃない」

「そうなんですか？」

「本業はコック。ホテルに入っとうレストランで、働きよう」

「コックさん！　やけんなごみさん、料理の腕前がすごかとですね!!」

「べっ……別に、すごいことは、なか」

手放しに褒めた浩平から、視線を逸らしたなごみの横顔は、めずらしく照れている。

いつも、表情が変わらんとに——と、素直じゃない喜び方にクスリと笑ってしまいそうになったとき、浩平の足元で、なにか「チリン」という音が聞こえた。

「なんやろ、なんか今……」

空耳かと思いながらそちらに視線を落とす。

「あれっ、ミー!?」

そこに、つい数時間前に見知ったミーが、ちょこんと座っていた。

驚いて声をあげる浩平を見あげて、ミーは首元を前足でカリカリと掻く。

「な、なんやろ……」

小さく揺れるたびに、チリンチリンと響く鈴の音を聞きながら、コンがのんびりとした調子で言った。

「浩平、ミーの首の鈴を外してやってごらん」

「鈴を？」

言われるまま鈴がついているピンクの首輪を外すと、ミーは浩平をしばらく見つめたあと、笑った。

動物相手に、笑ったと感じてしまっていることもどうかと思うが、浩平の目にはたしかに、ミーは笑っているように見えた。

しかし、それだけではない。

「ああ、ようやく解放された。でかしたな狐」

笑うだけではなく、言葉を喋りはじめたのだ。

「なんだい、口を開けばずいぶん尊大な態度じゃないかい、猫」

「ちょ、なんでコンさん普通に対話しようとですか⁉ 猫が喋っとうとに、なんでっ」

「落ちつきなよ、浩平。この猫……ミーは、ただの猫じゃない。猫又《ねこまた》なのさ」

「ね、猫又……？」

コンが狐だということも、はじめは半信半疑だった。それでも自分と同じ人間の姿をしているせいか、今よりは動揺も小さかった気がする。

「意見を聞きたい、木戸浩平。私よりもはるかに生きた年月が浅いというのに、態度がまるでなっていないと思わないか、この狐は」

だが、寸前まで可愛らしい声で鳴いていた猫が喋っている姿を、すぐに受け入れられる人間のほうが少ないはずだ。

固まっている浩平に向かって、なごみがぽつりと言う。

「猫派、やったよね」

「……トラウマになりそうです、たった今から」

浩平の苦笑いに、ミーはふんと鼻を鳴らしたあと、カウンターに飛び乗った。

「まあいい。それよりも夕方、私は同じことをずっと伝えていたのに、なぜ無視をした狐」

「なんのことかねえ?」

「とぼけるな！　首輪を外せと、ずっと伝えていたはずだ。話ができる者は、あのときおまえしかいなかったというのに……そうでなければ、だれが好き好んで狐の膝でくつろぐものか」

やはり夕方の時点で、ミーはコンの正体に気づいていたのだ。あやかし……というか、不思議な存在同士、なにか通じるものがあるのかもしれない。そう思いながら、目の前に置いてあるミーの首輪に、浩平は視線を落とす。

それをコンが指先でつまみあげると、震動で鈴が小さく鳴った。

「なあ猫、なんでおまえさんは、こんなものに縛られているんだい？」

「えっ、首輪のせいでミー……さんは姿を隠しとうってことですか？　コンさん」

ただの猫ではないと知った以上、気軽に「ミー」と呼んではいけない気がして、浩平は慌てて敬称をつけ足す。

「いや。この首輪はそこらに売られている、普通の首輪さ。浩平、オレは今、おまえさんの目にはどう見えている？」

「どうって……初めて会ったときからずっと、コンさんは人間に見えとうですけど」

「耳も尻尾も、ないだろう？」

うなずく浩平に、コンは左手を差し出した。

「手首の数珠、とってみてごらん」

「数珠を？」

伸ばされたコンの白い手首には、数珠の腕輪がついている。

言われた通り浩平がそれを引き抜くと、さっきまでは見えていなかった耳が、コンの頭にピョコンと出てきた。

「こっ、コンさん、耳!!」

「分かるかい？　ほとんどの場合が、こんなふうになにかを依代《よりしろ》にして、変化《へんげ》するのさ」

「へんげ……」

初めて対面したとき、拾った石がコンだと言われたことを思い出した浩平は、なごみを見る。

そのなごみはといえば、猫が喋ろうとコンが耳を生やそうとも、まったく動じていない。

「なのに、だ。猫が着けていた首輪は普通にそこらにあるものなのに、外さないと本性が出せなかったのさ」

「あ……それでコンさん、なんで首輪に縛られとうとかって」

「そう。なあ猫……もしかしておまえさん、自戒でもしているのかい？」

まっすぐに見つめるコンから、ミーはふいと顔を背けた。

「さっきから猫、猫とうるさいものだ。私には聡美がつけてくれた、『ミー』という立派な名がある」

浩平とコンのあいだを抜けて、カウンターの小高くなったもう一段に、ミーは身軽に飛び乗る。

「店主どの、私はあなたに心願を聞き届けてほしく、ここに来た」

「……わたしに？」

驚くこともなく、なごみはミーを見つめる。彼女の動じなさと動揺しきりの自分とを、足して二で割ればちょうどよい塩梅《あんばい》になるんじゃないかと、浩平は内心で思う。

「作ってほしい料理がある。来週、聡美を再びここへ連れてくるから、そのときに」

＊＊＊

深夜も三時を回れば、ずらりと並んでいた屋台の灯りも消えて、人の活気もなくなっている。

この落差のせいで、那珂川通りはよけいに、閑散としているように思える。

コンの「パチン」の指先ひとつで、他の店と同じく閉店状態になったなごみ亭の看板を見あげて、浩平は切り出した。

「良かったんですか、あんなお願いば聞いて」

隣に立っていたなごみが、静かに浩平を見あげた。

「ミーは、コンについてここに来た。その理由が、さっきの」

「でも……」

身体ひとつぶん離れて、なごみの横に立つコンが言う。

「浩平、今日のお客は瑞希と聡美だけだって言っていただろう？　そこがすでに間違っているのさ」

「間違いって？」

「今日の本当のお客は、あの猫だったからね」

営業中にはさらっと流していたけれど、やはりコンは、はかた地どりを用意していた時点で、ミーが来ることを見越していたに違いない。

無言で見つめる浩平に気づいて、コンはニヤリと笑う。

「熱い視線だねえ、なかなか悪くない」

「は!?　なん言いようと」

「オレは男とか女とか、そんな細かいことは気にしない。ほら、いつでもおいで」

まるで、飛び込んでこいとでもいうように両手を広げたコンに、浩平は大きな声で返した。

「アホか！　コンさんがかまわんでも、ぼくはかまうし！　ていうか今のは、そげんつもりなかったし!!」

「……リアルなＢＬ」

「なっ、なごみさんまでっ」

ひとりでいきり立つ浩平に、コンがからからと笑い出す。

「冗談さ、ちゃんと分かっているよ。浩平が気になっているのは、なごみ亭での、オレの役割についてだろう？」

なんというか、すべてを見透かしたうえで、コンの手のひらのうえを転がされまくっているんじゃないかと思うと、ほんのわずかだが小憎らしく浩平には思えてくる。

「聞きたいことっていったら、それだけじゃないけど……。なごみさんはなんで、本業があるのに屋台をしよるかとか、なんでコンさんは金曜にしか現れんとやろうかとか。あと——」

つらつらと述べている浩平が面白いのか、コンは笑いながら返す。

「なんだ、まだあるのかい？」

「いや、そもそも、猫又ってなんやったかいなって」

瞬間的にコンが笑い声をあげたと同時に、なごみがつぶやいた。

「知らんのに、よくここまで会話についてきよったね……」

「猫又は、長生きして妖怪のたぐいになった猫……化け猫も猫又の仲間だと言えば、分かりやすいかい？　大昔には、山の獣として恐れられていたこともあってねえ。山には猿がいるだろう？　猫が恐れられていたころ、猿は『マタ』って呼ばれていてさ、同じく山に住まう猫が『ネコマタ』って呼ばれるようになったんだよ」

コンの説明から、頭に浮かべた化け猫のおどろおどろしいイメージに浩平は身震いし、ところどころで創造力が豊かな自分を、恨みたくなった。

「化け猫とか、おるんですね」

「ああ、いるねえ。それに気づかない人間が多いだけさ」

なんの意味もないが、浩平はキョロキョロと周囲を確認してしまった。

ふたりの会話が途切れたとき、なごみがぽつりとこぼす。

「コン。アンタたち、どっからどこまで見通せると」

「どっからどこまで、って？」

「アンタの場合は一応……神さんの使いって手前、特別な先見力があっても不思議じゃないとは思っとう。けど、猫又は？」

「さあねえ。それよりも、今やけに『一応』って部分が強調された気がするんだけど、気のせいかい？」

「真面目に聞きようけん、真面目に答えりぃ」

強い視線を向けたなごみに、コンはヒラヒラと手を振った。

「なにか悪巧みでも考えているような猫だったら、はなから連れてきていないさ。アイツがさっき話したことは、ぜんぶ本当のことだろうねえ。だから、なごみが引き受けた来週の料理は、最後の晩餐で間違いないだろうさ」

言い終わったあと「じゃあ、また来週ってことで」と残したコンは、悠々と歩き出して、闇に溶けるように姿を消した。

＊＊＊

最後の晩餐。

この一週間、つねに浩平の頭のなかを占領していた言葉は、なかなかに気分を重くさせるものだった。

それはおそらく、なごみも同じだったのだろう。彼女もまた、いつにも増して口数が少ない。

なごみは厨房に、浩平はカウンター前に……ふたりともぼんやりと立っていた。

「そういえば、なごみさん。ミーさんは、首輪をすることで自分からスイッチ入れたって、言いよったですよね」

「……喋らんごとね」

つい先週のことだ。はしばしはおぼろげになってきているが、大事なことはまだしっかりと覚えている。

自戒かと訊ねたコンに、ミーはこう返した。

『聡美が怖がるからだ』と。

それは、なごみに料理を願い出たあとに、ミーが答えたものだった。


『さっきの質問についてだが……狐』

『さっきって？』

『首輪を、自戒かと問うただろう？』

『ああ、それかい』

『幼いころの聡美と出会ったとき、私はすでに猫又だった』

長年生きてきたミーは、もうなん度も主人の最期を見届けてきた。その侘《わび》しさを知っていた彼は、極力、人とかかわらないようにしていた。

そんなとき、公園を住みかにしていたミーに、聡美は自分のおやつを持ってきて、こっそり分け与えてくれた。そして、いろいろなことを楽しそうに話してくれた。

聡美との時間が、ミーにとってはかけがえのないものとなり、いつしか心を許してしまっていた矢先のことだった。

彼女が両親を説得し、ミーは聡美の家で飼われるペットになって、ただひとこと、「ありがとう」と彼女に告げた。

『うっかり喋りでもしたのかい？　猫』

『……こども相手だ。聡美も、気にすることはないと思った』

『長生きしているわりに、浅はかだねえ』

『ああ、本当に浅はかだったと思うよ。喋った私を見る、あのときの彼女の目は今でも鮮明に覚えている。聡美は怯え泣きながら、「オバケは嫌いだ」と言ったのだ……まさか、あんな風に怖がってしまうとは思いもしなかった』

『それで、誤って喋らないように首輪を？』

『聡美が恐怖をおぼえた記憶を消すときに、ついでにまじないをかけておいた。もう二度と、彼女を泣かせることをしないように、と』

大切に育ててくれた飼い主と死別して、長いあいだひとりで生きていたミーに、ようやくよりどころを与えてくれた聡美。その彼女に拒絶されることは、ひとりぼっちでいることよりも何倍も辛かったのだと、ミーは言った。

「あったかさを知ったぶん、寂しさはおっきくなるけん」

浩平と同じく、昨夜のミーの話をなごみも思い出していたのだろう。しばらく続いた無言のあと、ぽつりとこぼした。

幸せな時間との落差を、浩平はよく知っている。

「……たしかに、そうですね」

ぼんやりとつぶやいたあと、なごみが見つめていることに気づいて、浩平は慌てて繕った。

「なっ、なごみさんとコンさんは？」

「コン？」

「なごみさんたちにも、なんか、そんなエピソードがあったりとかするとかなって」

「コンとは——」

なごみがなにか言おうとしたとき、いやに騒々しくコンが駆け込んできた。

「なごみ、どうにかしておくれ！」

あまり厨房スペースには入らないコンが、慌ててなごみの背に回り込む。

そこから距離をとって、猫の集団がコンを威嚇するように唸っていた。

「な、なん？　コンさん、こいつらになんかしたとですか？　えらい怒っとうけど」

「この温厚なオレが、猫ごときになにかすると思うかい⁉　浩平、今すぐ発言を取り消しておくれ！」

「いやでも……」

コンの言葉に反応するように、猫は毛を逆立てている。

明らかになんかしたやろ――と、浩平が苦笑いを浮かべたとき、涼やかに鈴の音が響いた。

「発言を取り消すのは、狐のほうだな」

猫たちと屋台のあいだに、線を引くように割り入ってきたのはミーだ。

「え、ミーさんはなんでか分かっとうと？」

「さきほど狐は、我々のことを〝猫ごとき〟と軽んじる発言をした。この狐、はしばしに優劣を決めつけるような態度がにじみ出ているだろう？　それで反感をかったんだよ、木戸浩平」

いちいちフルネームで呼ばれる点は疑問に思うところだったが、自分まで猫たちの反感をかうハメになりそうな予感がして、浩平は口をつぐんでおいた。

そうして、ミーが猫たちに向かってひと声鳴くと、それまでが嘘のように威嚇をやめて、集っていた猫たちはちりぢりに去っていった。

「……さすがに驚いたねえ」

いつも飄々としているコンも、あんな数の猫に威嚇されれば怯《ひる》むのだ。大きく息をついて脱力するコンに、ミーはさらりと告げる。

「どんなに小さな存在だろうが、自尊心はある。今後は気をつけることだな、狐ょ」

嘲笑を含んだミーの口調に眉を寄せながら、ふてくされたようにコンが返した。

「今回は借りができた。おかげさんで助かったよ」

「まるでこどもだな。このような狐の相手となれば、店主どのもさぞかし手を焼くことだろう」

「わたしは、別に」

なごみに顔を向けたミーの首元で、首輪の鈴がチリンと揺れた。浩平は「あれ？」と声をあげる。

「ミーさん、首輪しとうですよね？」

「そうだな、見ての通り」

「でも今、ミーさん喋っとうけど……」

ついさっき、回想していた昨夜の出来事のなかでは、ミー自身がたしかに言ったはずだった。

『もう二度と、彼女を泣かせることをしない』と。

自戒をかけた首輪をしているのに、ミーは今、本性をあらわにしているのだ。

「……最期、だからな」

「ミーさん、その最期ってほんとに――」

浩平が訊ねようとしたとき、ミーがなにか気配を感じ取ったように通りに目を向けた。

「聡美が来た」

そのまま、ミーは浩平の足元までゆるりと歩いてきて、しなやかに擦《す》りついた。なにも知らなければ、見た感じは人懐こい猫そのものだ。

「あの、たびたびごめんなさい！」

遠目からも確認できたのだろう、ミーがいることに気づいた聡美は、申しわけなさげに眉をさげて、浩平に謝りながら駆け寄ってきた。

「聡美さん、こんばんは。今日もミーさ……ミーを探しに？」

危うく敬称をつけて呼びかけて、浩平はにこやかにごまかした。ミーの本性を明かすのは、自分ではいけないと、そんな気がしたからだ。

両手で抱きあげると、ミーは浩平の判断に感謝するように、ひとつ鳴いた。

浩平が聡美にミーを手渡したのを眺めていたなごみが、口を開いた。

「食べてもらいたいもんがある。あなたに」

コンやミーのものもそうだが、浩平から見れば、なごみの視線もすべてを見透かしているように感じる。

「あたしに、ですか？」

「……すぐ、準備する」

深い説明もなしに言われて、聡美は困惑気味に見える。それでも、「聡美を再びここへ連れてくる」と言ったミーには考えがあるのだろうと、浩平も詳しくは告げずに、彼女を席に案内する。

浩平は先週の金曜日、深夜にここを訪れたミーとのやりとりを、再び思い起こした。


あの日、ミーが唐突に注文した料理に、なごみは怪訝そうな顔をした。

そんな表情をしたのは、彼女だけじゃない。浩平もコンも同様に疑問を感じたのか、タイミングを合わせたようにふたりとも眉を寄せた。

『猫、おまえさん忘れっぽいのかい？』

『バカにするな』

『でも、今ミーさんが言ったのって……』

コンに続いて声をあげる浩平に、ミーはきっぱりと言い返す。

『分かってもらえなかったのならば、もう一度言おう。来週、聡美に水炊きを食べさせたい』

今度は三人で顔を見合わせる。それぞれ、言葉はなくても分かった。

その料理なら、聡美自身が数時間前に注文して、すでに食べているじゃないか。そんな心の声が、顔に浮かんでいた。

『ほら、やはりこの猫は、忘れっぽいらしいよ』

『コン』

からからと笑い出したコンを、なごみは睨みつける。それ以上はやめろ、というような視線にコンは押し黙った。このとき初めて、浩平はこのふたりのあいだの主従関係を、確かめることができた気がした。

コンが口を閉じたことで、安心したように短く息をついて、なごみはあらためてミーに目を向ける。

『……なんで、水炊き？』

『聡美がいるときに、店主どのは言っていただろう？　ある程度は対応する、と』

なごみ亭にメニューはない。だからお客に、食べたいものを決めてもらう。

聡美にその説明をしたとき、たしかになごみは『たいがいのもんなら、対応できる』と答えていた。

うなずくなごみに、ミーが続けた。

『店主どのならば、できるのではないかと思ってしまったのだ。聡美の心に眠る料理を、再び作ってくれるのではないか、と』

『心に眠る、料理？』

『彼女の母親は、五年前……彼女の高校卒業を待たずして、病気で亡くなった』

『……その心に眠る料理って、もしかしてそのお母さんの？』

訊ねるなごみにひとつうなずきを返して、ミーは言った。

『今日、聡美がここで食べたのはただの水炊きだったが……あれは違う。本当に彼女が食べたいのは、母が作っていたものなんだ。もう時間がない。店主どの、どうか引き受けてはもらえないか』

逼迫《ひっぱく》した様子のミーに、浩平はひっかかりを覚える。

『時間がないってどういうことですか、ミーさん』

訊ねた浩平を、ミーはしばらく黙って見つめる。

言えない……いや、言いたくない？　その予感に、触れてはならない部分をつついてしまった気がして、浩平は内心でヒヤヒヤする。

『長い時間を生きていれば、見えなくてもよいものまで見えてくる。命の終《しま》い、とかな』

『……命の？』

静かな声でつぶやいたなごみを、ミーが見あげた。猫に、表情があるはずはない。しかし浩平に見えるミーの横顔は、とても寂しそうだった。

あの日、去り際にコンが言ったように、ミーは今日の料理を最後の晩餐にするつもりなのだろう。だが浩平には、その〝最後〟が示しているものが、ミー自身のことなのか、聡美のことなのかまでは、分からない。

ただはっきりと言えるのは、なごみは注文通りの料理を作り、ミーは覚悟を決めているのだろうということだった。

「――猫」

カウンターの端の席に座っていたコンが、ふとミーに呼びかける。

ミーがニャアと返事をしたあたり、今はまだ、聡美には本性を明かさないつもりらしい。

ただの猫として振る舞うミーをしばらく見つめて、立ちあがったコンは聡美に微笑みかけた。

「聡美、ちょっとそいつを借りてもいいかい？」

「あ、はい。どうぞ」

「なごみ、料理が出来上がるまで、あと何分ある？」

聡美から手渡されたミーを抱きとめながら、コンはなごみに視線を向ける。

「……二〇分」

「余裕だね。ちょっくら出てくるよ」

いったい、なにを思いついたのだろうかと、まるきり他人事のように眺めていた浩平の襟首が、突然引っ張られた。

「うわっ、なん⁉」

「おまえさんもついておいで」

「え、ついていって……」

「そこに突っ立っていても、なごみの手伝いにはならないだろう？」

浩平の、そしてなごみの返事も待たずに、コンはスタスタと屋台から出た。

「こ、コンさん！　なにを思いついたと⁉」

「いやあ？　ちょっとあそこじゃ、猫と話せないだろうと思ったからねえ」

屋台から離れた場所でミーを降ろしたコンは、程近くの清流公園へと足を向ける。

那珂川通りには今日も人があふれていて、コンは器用に、人波のあいだをすり抜けていく。

園内に入ってすぐ、目についた花壇の端に、コンは腰を降ろした。

「行動が予測できんけん、なごみさんも大変でしょうね……」

「それ、オレのことかい？」

「ほかに誰がおるとですか」

呆れたようなまなざしを向けると、コンは笑い声をあげる。七分袖のTシャツにジーンズ、スニーカー姿で笑っているコンは、どこからどう見ても、浩平とたいして年の変わらない若者にしか見えない。改めてまじまじと観察する浩平の隣で、コンは足元に座っているミーに目を向けた。

「猫、言っておきたいことがあるんだけどさ」

「……なんだ」

つい寸前まで笑っていたはずのコンの顔は、そうとは思えないほど真剣なものに変わった。

「その偉そうな態度は気に入らないが、おまえさんには借りもあるしねえ。必要ならオレも力を貸そう」

「そんなもの――」

「必要、だろう?」

一度なごみが訊ねたときには流していたけれど、今の会話で、ミーに見えているものはコンにも見えているのではないかと、浩平には思えた。

「コンさん……命の終いってミーさんは言ったけど、コンさんにもそれが見えとうとですか?」

「なごみと同じようなことを、おまえさんも聞くんだねえ」

再びからからと笑い声をあげたコンは、どこか見透かすようなまなざしで浩平を見る。

「オレは一応、神使《しんし》だってことを、覚えてくれているかい?」

「見習いの見習い、やったっけ?」

「……そこは必要ないねえ、忘れてもかまわないよ」

「ってことは、コンさんにはぜんぶ分かっとうってことですか? ミーさんが言ったのが、誰のことかも」

やりとりを黙って見ていたミーが立ちあがって、ゆっくりと浩平の足元に近づいた。

通りにはまだ多くの人が行き来しているはずなのに、三人のまわりだけ空気が止まっているような気がして、浩平は意味もなく周囲を確認してしまう。

「最期を迎えるのは、聡美だ」

落ちつかない浩平の耳に、熱を感じさせないミーの声がくっきりと伝わった。

「――聡美さんが？」

ついさっき見た彼女の姿は、先週と変わらず、いくら『最期を迎える』と断言されたとしても、すぐには信じがたい。

隣りあって座っているコンを横目に窺うと、驚きもしていない。やはりコンは初めから分かっていたのだろうと、浩平は思う。

「それで、思い出の料理ってやつを、彼女に食べさせてやりたいと思ったんだろう？　生命があるうちにさ」

コンの言葉にうなずくミーを見て、浩平は思い立ったように言った。

「そうやん、コンさん！　しめかけさんは、いろいろな災難を取り払ってくれるっちゃないと!?」

「きたるべき定めは、どうすることもできないものさ。神頼みしても叶わないことのほとんどは、その人間が課せられた天命だからねえ」

「でも、コンさん……」

あっさりと返されてしまったが、浩平はそれでも、なにか手だてはないのかと続けて問おうとする。

しかしそれは、ミーに遮《さえぎ》られた。

「それで助かるのなら、最初から素直に狐を頼ったさ、木戸浩平。それでもいずれ、私と聡美には別れのときは必ず来る」

「ミーさんは、でも、どうにかしたいって思ったっちゃないとですか？　やけん、なごみ亭に来て、わざわざ本性を明かすようなことまでしたとでしょう？」

「……ひとりきりで、性《さが》を打ちあける勇気がなかったのだよ」

ミーはその顔に、寂しさを浮かばせた。

「御託はいらないよ。本題に入ろうか、猫」

そう言いながら、コンは周囲をゆるりと見回す。そして、植え込みの奥にある椎《しい》の木に目をとめて、スッと立ちあがる。

枝から葉っぱを一枚取ったコンは、手のひらに載せたそれに、ふうっと息を吹きかけた。

「自戒を解いたってことは、今日あの子に、おまえさんの正体を曝《さら》すつもりだったのだろう？」

もとの場所に戻ったコンは、ひとさし指と中指で挟んだその葉を、ミーに差し出した。

「聡美と話がしたいだけなら、わざわざ傷つく必要はないと思うけどねえ」

「……これは」

「依代《よりしろ》だよ。猫、今日だけおまえさんを人間にしてやろう。これがオレにできる手助けさ」

「なぜ、こんなことを？」

「同じ仲間同士、慕《した》ったものから拒絶される気持ちは、ようく分かるからねえ。あの子は大人になったとは言っても、また過去みたいに怯えるかもしれない。それは猫、おまえさんの本意じゃないだろう？」

ただ飄々と、なにも考えていないのかと思っていたコンの言葉に、思わず浩平のほうが胸を打たれてしまった。

「コンさん……かっこよかです」

「惚れたかい？　浩平」

ニヤリと笑うコンは、もういつものコンで、浩平は苦笑いで返した。

「どう血迷っても、男に惚れることはなかですよ」

「浅いねえ、おまえさん。真実の愛に、男も女も関係ないのだけどねえ」

「ある。おおいにあるやろ」

浩平の冷たい反応に軽く笑って、コンは立ちあがった。

「そろそろ水炊きができるかねえ、屋台に戻ろうか。猫、そこの木の陰で早く変化してきなよ」

＊＊＊

「変な気分だ、落ちつかない」

人間の姿になった猫の気持ちを語られる日がくるとは、浩平は思いもしなかった。こうなると目の前で起こっていることを、受け入れないわけにはいかなくなってくる。

それは腑に落ちないようでいて、どこかすこしだけワクワクと浮きあがるような気持ちがあることにも、浩平は気づいていた。

「もったいないねえ。人間の生活も、悪いものじゃないけどねえ？」

「……狐の考えには、賛同しかねるな」

「賛同してもらおうとも思わないさ。せいぜい楽しむことだね、今日だけ限定の猫人間」

笑いながら返すその言葉の裏には、さっき見せたコンの本心があることを知っているせいか、嫌みな言い方もやさしさの裏返しにしか感じられず、浩平の口元がゆるむ。

「水炊き、食べに帰ったよ」

明るい声とともに暖簾《のれん》をくぐるコンに、なごみの視線が返ってくる。

寄せた。

「ふうん、鶏だしの匂いがするねえ」

コンと浩平、それに続いて暖簾をくぐってきたミーに気づいて、なごみはわずかに眉を寄せた。

「出来とう」

ミーがまだひとことも発していないうちに、なごみは訝しげな顔をコンに向ける。

「コン……なん考えとうと、アンタ」

驚いた浩平は急いで厨房に入り、ヒソヒソ声でなごみに訊ねる。

「なごみさん、分かるとですか!?」

「なんとなく……気配で」

すこし前に、彼女の視線は見透かすようだと感じた自分の感覚に、間違いはなかったのだ。浩平は胸中ですごいと感嘆した。

そして、彼女が手元に抱えた土鍋に気づいて、浩平はまばたきをとめる。

「な、なん人分ですか、それ」

先週、聡美が注文したときに出した水炊きは、ひとり用の小さな土鍋だった。だが、今なごみが手にしているものは、明らかにひとりで食べるには多すぎる量だ。

「全員でつつける分」

「全員で、って」

「彼女が食べよったのは、家族で、とか……そういうもんやろう？　たぶん」

「そうか——聡美さんの心に眠る、料理」

浩平のつぶやきに、なごみがコクリとうなずく。先週の金曜日の深夜、ミーが水炊きを注文しにきたときは、『心に眠る料理』とだけしか言われていなかった。

そのあとの追加注文をのぞけば。

今、注文に真摯に向きあっているなごみの姿勢は、浩平にとって、またひとつ確信を持たせてくれるものだ。彼女のそばにいれば、自分の味覚もそれにともなう過去も、救い出せる気がする、と。

土鍋で手がふさがっているなごみから指示されて、浩平はカウンターの端に準備されていたカセットコンロを、聡美の右手側の席にセットした。

コンロのうえに鍋を置いてすぐに、なごみはその前の席を陣取る。

「わたし、鍋奉行」

「鍋奉行って、自分で任命するものかい？」

なごみの言動に笑いながら、コンはなごみからひとつ椅子を空けて座る。それから、あいだに座れと言うように、隣の椅子をポンと叩きながら浩平を見た。

「店長さん……水炊きって」

聡美は大きな土鍋を見て、不思議そうな顔をしている。

「そう、これ。みんなで食べる」

「え、みんなで？」

首を傾げながら、聡美は足元をキョロキョロと確認したあと、コンに訊ねる。

「あの、ミーは？」

さすがに聡美は、浩平たちといっしょにやって来たもうひとりが、ミーだとは気づいていないようだ。

なごみは浩平を通り越して、コンにちらりと視線を流す。

「えーと、そうだねえ？　すこし散歩がしたいみたいだったかねえ？　しばらくしたら必ず戻ってくるように言っておいたから、じきに戻るさ」

決してうまいとは言えない説明に、なごみが小さく息をついたのが浩平に伝わった。

「……とりあえず、水炊き」

なかば強引に話を切り替えるように、なごみが土鍋の蓋を開ける。瞬間、押さえつけられていた蒸気が真っ白な湯気になって、一気に舞いあがった。

湯気に乗ってきたのは、帰ってきた直後にコンが言った鶏だしと、茹だった野菜の匂いだ。

「今日のはみつせ鶏の肉やけど、ぜったい、美味しかよ」

舞いあがる匂いを吸い込んだなごみが、満足げな声で言う。顔は、聡美に向いているせいでちゃんと確認はできないけれど、きっと微笑んでいる。浩平にはそんな気がしてならなかった。

九州産のゆずを使ったというポン酢が入った小皿に、丁寧に具をよそって、なごみは手際よく全員の前に置いた。

「それじゃあ、さっそく食べようかねえ」

もう待ちきれない、というように箸を割ったコンの声につられて、それぞれも箸を持つ。

ここまで、まだひとことも発していないミーが気になった浩平は、横目に様子を窺う。

彼は目の前に置かれた小皿を、じっと見つめていた。

「……食べませんか？」

初めて人間になったのだ、もしかすると、箸が使えないのかもしれない。そんな浩平の杞憂《きゆう》をよそに、うなずいたミーは箸を割って、器用に食べ始めた。

安心した浩平も、ようやくひと口めをほおばる。

完全に……ではないが、微かにポン酢の味を感じることができて、すこしだけ気分が浮きあがる。

そこにゆずの香りと、ほどけるような歯触りのみつせ鶏を感じて、これで完全に味が分かれば、本当に美味しい水炊きなのではないかと思えた。

「水炊きの鶏肉って、硬いイメージやった……」

つぶやく浩平を、なごみが見つめる。

「今日のは前もって、酒で下ごしらえしとった」

「ほんと……この前のよりやわいです」

続いて鶏を食べた聡美も、感心するように言う。

その声を聞いて、思い出したようになごみが返した。

「聡美さん、お腹いっぱいにはせんとってね、まだ」

食事どころに来て「空腹を満たすな」と言われることは、浩平の知る限りではまずない。不思議そうにキョトンとしている聡美の反応には、おおいにうなずける。だが浩平には、なごみの言葉の意味が分かっているから、聡美ほどに驚きはしない。

それはコンも、もちろんミーも同じことだった。

＊＊＊

全員で食事を始めて三〇分。土鍋のなかは、だし汁だけが残る状態になっていた。なごみの思惑どおり、結構な量の具の大半は浩平とコン、そしてミーがたいらげたものだ。

「聡美さん、まだ食べられる？」

「え、は、はい。もうすこしなら」

「本当にあなたに食べてもらいたいもんは、これからやけん」

「これからって……」

平然と言いきるなごみを前に、聡美は具のない土鍋を見やる。

不思議そうにしている彼女には答えずに、土鍋を持ちあげたなごみは、そのまま厨房へと向かった。

「この水炊きは、あなたもよく知る方から注文を受けた」

「あたしが、よく知る……ですか？」

思い当たらないのか、聡美はますます不思議そうに首を捻る。

ちょっと時間がかかるとコンに言ったなごみは、すぐに作業を始めた。

「聡美」

バトンを受け取ったように、コンが聡美に呼びかける。

預けたはずのミーが帰ってこないし、水炊きはそこそこにしか食べていない。メインはこのあと——と、意味が分からないことばかりが続いて、聡美の表情は疑問だらけという具合だ。

「おまえさんは、実家から出ているのだろう？　猫とは、いつ知り合ったんだい？」

「ミー、ですか？　あの子は、あたしが小さいころから飼っとって」

「へえ。じゃ、わざわざ実家から連れてきてまで、いっしょに暮らしているのか」

「……なんとなく、離れたくなくって」

「ふうん」

彼女の返答を聞きながら、コンはちらりと隣を盗み見る。ミーは、ひたすら黙りこくっている。

「聡美。ちょっと相談があるんだけど、聞いてくれないかい」

「え、相談、ですか？」

「こいつは、オレの友だちなんだけどね」

コンにゆび指されたミーは、突然のことに驚いて顔をあげる。

「おまえは、なにを——」

「先週、聡美がここにいるのを見かけてから、話がしてみたいとこいつが言うものでねえ、今日連れてきてみたんだよ」

話のきっかけを作るつもりだ、というのは浩平にも分かった。けれどミーは、文句が言いたくて仕方がないというような視線で、コンを睨みつけている。

聡美の前でそんな怖い顔をしてしまっては、せっかく人間に化けてまでここにきた意味がなくなってしまう。なんとかフォローをしようと、浩平も慌てて声をあげた。

「ね、猫！　そう、彼も猫が好きで、聡美さん先週ミーといっしょやったけん、それで！」

コンの話が、すこしは自然になっただろうか。浩平はハラハラしながら、聡美とミーを交互に確認する。

その気づかいが伝わったのか、ミーは毒気を抜かれたように息をついて立ちあがると、そのまま聡美の隣へと席を移動した。

「……急に、変なことを申し出てしまって、すみません」

軽い感じのコンとは違って、黒髪の生真面目そうな風貌は、そのままミーの内面を表しているのだろう。

「いいえ。よく来られるんですか？　このお店」

穏やかな物腰のミーに、聡美は安心したように応じる。

「ええ、まあ」

突然の無茶ぶりにいまいち乗りきれないらしいミーは、ぎこちなくも返事をする。

当のコンはといえば、その光景を愉しむように眺めているだけだ。

「猫、なのですが、とてもよく似ていて……私が昔、飼っていたのに」

「へえ。三毛猫やったんですか」

「ある日、突然家を飛び出したきり、行方知れずになったんですけどね」

「うちの子も、よく脱走するんです。今のところちゃんと戻ってくるけど……なんか、似てますね。あたし、あの子のおかげでひとりぼっちじゃないけん、すごい感謝しとうっちゃん」

ふふっと微笑む彼女の横顔は、とてもやさしい。隣に座って見ているミーも、嬉しそうに目を細めた。

「あなたに飼われている猫にも、聞かせてあげたいですね。喜びます、きっと」

その猫が、目の前にいる。

聡美がそのことに気づくことはなくても、ミーは、彼女の気持ちを知ることができて満足なのだろう。空気が和んだのが、浩平にも手に取るように伝わった。

彼女の最期を知っているミーは、今どんな気持ちで言葉を交わしているのだろう。気持ちを隠しているその姿が過去の自分と重なるようで、浩平の胸が軋《きし》む。

「できた」

それぞれが抱えた思いを切り替えるように、なごみの声が聞こえてきた。気づけば屋台のなかには、水炊きのときとは違う匂いが漂っている。

いつか、浩平も嗅いだことがある匂い。

「……シチュー？」

それはクリーム色の、シチューの匂いだ。

真っ白な深皿によそわれて、目の前で湯気をあげるクリームシチューを見た聡美は、驚いたようにつぶやいた。

「鶏とか野菜から出た旨味を生かした、水炊きシチュー。これが今日、あなたに食べてもらいたかったもん」

呆然とする聡美に、なごみが返す。

先週の金曜日、ミーが言った〝心に眠る料理〟は、なごみが言うようにこっちがメインだった。

聡美の母親が元気だったころ、水炊きのあとには必ず、残りのだし汁を利用して作っていたクリームシチュー。長く生きたミーには一風変わった料理にしか見えなかったけれど、聡美たち家族は、幸せそうに笑いあいながらそれを食べていたのだ。

彼女が初めてなごみ亭に訪れたときに水炊きを注文していたことで、彼女が本当に食べたいのは、このシチューなのではないかと感じたのだと、ミーは言っていた。

「水炊きシチューって……なんで……」

疑問を投げかける聡美の声が、泣き出しそうに震えている。

ミーから聞かされたこの料理は、いわば彼女の家だけのもので、一般家庭に広く知られているわけではない。少なくとも浩平は、水炊きの締めくくりといえば雑炊かうどんで、シチューにしたことはなかった。

それがこんな形で、二度ほどしか訪れていない屋台で出されれば、聡美が動揺するのも無理はない。

「あなたんことを、大切に思っとう方からの注文。食べてみて」

「だ、誰のことですか、それ」

問いかけた聡美に、なごみは淡い微笑みしか返さない。聡美はそれ以上の追求をあきらめたようにして、

聡美に遅れて、浩平たちの前にもシチューが並んだころ、聡美は細い声で「いただきます」と言って、ひと匙《さじ》ぶんを口に入れた。

そして、続けてひと口、もうひと口と食べ進める彼女につられるようにして、浩平もシチューをほおばる。

「！　美味か」

自らが発した、言うつもりもなく、また言えるとも思ってなかったひとことに、浩平はひたすら驚いた。浩平が、初めてなごみ亭に訪れたときに食べた玉子焼きのように、このシチューの味も、狂いなく明確な味覚を伝えてくれたのだ。

『美味い』と浩平がつぶやいたことで俄然興味が湧いたのか、コンも、それから注文者のミーも、我先にとシチューをほおばった。

水炊きの時点で鶏肉から出た旨味と、炊き込んだ野菜の味が溶け出している残りのだし。そこに、バターと小麦粉と生クリームで作ったベシャメルソースが、まろやかさを加えている。

ジャガイモ、ニンジン、タマネギ、コーン、そして中央に振り撒かれたドライパセリの色合いの隙間から、ほのかに香るマッシュルームとローリエ。普通にシチューを作ったよりもはるかにコクがあるのは、土鍋でじっくりと野菜の旨味が引き出された、水炊きの残りだしを使っているせいだろう。

「へえ。これは予想外だったねえ」

コンも驚いたようにつぶやいて、浩平を見る。

「それに、味がしっかり分かるんですよ、コンさん！」

「なるほど、おまえさんにも予想外だったんだねえ」

二重に驚いている浩平に、コンはからからと笑う。ふたりの隣で、皿の半分ほどシチューを食べた聡美は、静かにスプーンを置いた。

「……もう一度、食べられるやら……思わんかった」

その声につられた浩平が聡美を見ると、彼女の頬には一筋の涙が伝っていた。

「お母さんの味、何回自分で作ってみても、なんか違っとって……もう、このシチューを食べられることはなかって、ずっと思っとったんです」

涙で揺れる声をなごみに投げる彼女の向こうでは、ミーが嬉しそうに、こっそりと口角をあげている。

「満足してもらえたなら、良かった」

なごみも、やわらかな表情を返す。

「店長さん、本当にいったい、誰がこのメニューを注文したんですか?」

「それは――」

答えを口に出すことを躊躇したように、なごみはちらりとミーを見る。その視線に気づいた聡美は、反射的に隣に顔を向けた。

「あなた、ですか?」

「……ご迷惑でしたか」

「そげんことは、全然……でも、なんでこのシチューのことを、あなたが知っとうとかなって」

「私自身が、ずっと興味があったのです。聡美……きみが幸せそうに食べていたこのシチューは、どんな味がするのだろうと。今日、いっしょに食べることができて、良かった。私はずっと、きみに感謝を伝えたかったから。店主どのにも、本当に感謝します」

微笑みを浮かべて、ミーはスッと立ちあがる。そのとき彼の足元で、鈴がリンと鳴った。

「──あ、なにか落ちましたよ」

気づいた聡美はそれを拾いあげて、目を見張る。彼女の手にしたものは、ミーが着けていたピンク色の首輪だ。

「これ、ミーの……？　どうしてあなたが──」

そうして、彼女が再び顔をあげたときには、すでにミーの姿は消えていた。

驚きで言葉を失う聡美に、なごみが告げる。

「ずっと、あなたのそばにおった存在……気づいたやろ？」

「金曜の夜、この屋台では、選ばれた人間だけが幸せな夢を見られるのさ、聡美。きみは今日ミーが見せた夢を、ずっと覚えておいてやっておくれ」

続けて言ったコンは、愉しげに……そしてどこか妖しく微笑む。その姿はなぜかとても狐らしいと思えて、浩平までも、夢うつつな気分になっていた。

＊＊＊

ミーが姿を消して、聡美も帰ったころ、そろそろ二一時を回るくらいの時間になって、低音の太い声が店に響いた。

「いやー、最近忙しかったけん、なかなか顔が出せんかったばい！」

「あ、邦男《くにお》さん！　こんばんは」

浩平が挨拶をして、

「いらっしゃい、邦さん」

なごみは表情をやわらげて迎える。

彼は、瑞希と同じく、なごみ亭のもうひとりの常連客だ。どこかの建設会社のお偉いさんらしい、ということしか浩平はまだ知らない。

「あれー、クニが来るときはたいがい瑞希もいるのに、今日はめずらしいねえ」

「コンよ、おまえ一応、俺が年上やぞ。呼び捨てするな、敬え」

「うん？　人間設定ではそうだけど、実年齢はクニよりもオレが年上だしねえ」

「実年齢って……コンさん、いったいいくつ？」

訊ねる浩平に、コンはニヤリと微笑む。

「そりゃあ簡単には教えられないねえ。多少のミステリアスさは必要だろう？」

なんのためのミステリアス要素なのか。浩平が、胸中で密かなつっこみを入れていると、邦男が思い出したように言った。

「そう言やなあ、さっき、ここに来る途中に事故現場に遭遇してから」

邦男の話によると、昭和通りを天神方面に直進していた車が、信号を見誤って突っ切ったらしい。

「それ、被害は大丈夫やったんですか？」

決して交通量が少なくない通りの、交差点での事故だ。場所が場所なだけに、被害がまったくないはずはないと、浩平は顔を歪めた。

「それがなあ……横断しよった女ん子ば庇うごとして、ひとり、男が正面から押したっちゃけどな。俺が駆け寄ったとき、そこで轢《ひ》かれとったのは一匹の猫やった」

たしかに、轢かれる前は人間に見えたはずなのに。と、邦男はただただ、不思議そうに首を捻る。

「女の子と、猫――？」

頭を過った予感に、浩平はつぶやきながらコンを見つめる。

「クニ……その猫、三毛猫だったかい？」

「いやあ、暗がりやしあんまり見えんかったけど、女ん子は猫のことば知っとうみたいやったばい。猫ば『ミー』って呼びよったけんな」

邦男の言葉で予感は確信に変わり、呆然としたまま、浩平はなごみを見る。

その視線の先では、さすがになごみも言葉をなくしていた。

「代価を差し出して、救ったか。バカなやつだねえ……でも、嫌いじゃない」

ただひとり、ミーの行動のすべてを最初から知っていたように、コンは寂しそうに微笑んだ。

見えないのなら見えないまま、知らずにいたほうが幾分も幸せだ。

そう、つぶやいて。

三夜・金曜日の醤油風味

お狐さん。

広く神さまのひと柱として認識されているが、実は稲荷神社の神さまは人間で、五穀の神、宇迦之御魂神《うかのみたま》と、祈願に訪れる人とのあいだを取り持つ使い……それが、狐だ。

その神さまの使いである神使のお狐さんは、神社の入口の鳥居の前に、稲荷の象徴として、狛犬の変わりに鎮座している。

「ウカに近い使いは、そりゃあもう凄まじく偉そうだからねえ。はっきり言って、オレは好きじゃないね！」

稲荷の神さまをまるで友だちのように呼んでいるコンは、見習いの見習いとはいえ、浩平からみても神さまの使いとは思えないほどにファジーだ。

「……またこれ」

ひと口も酒は飲んでいないはずなのに、まるで酔っぱらいのように愚痴を言っているコンを前に、厨房ではなごみがため息をついている。

「またって、いつもこんなですっけ？」

「コンのこれが始まったら、面倒くさい」

訊ねた浩平に、なごみは呆れ返った視線を寄越してきた。

「面倒くさいは言いすぎじゃないかい、なごみ」

「本当のことやし」

「浩平！　なごみが意地悪だ！」

「ぼくに怒られても……」

八つ当たりの手本のように睨んでくるコンに、とりあえず苦笑いを返しておく。

浩平自身は、コンが愚痴を言う姿を「面倒くさい」と言えるほど目にしているわけではなく、彼がなぜ、こうまでして管を巻いているのかが気になるところだ。

「そもそも、なんでそげんこと言い出したとですか？　コンさん」

今日も開店時間に合わせて指を鳴らしたコンは、この場所に姿を見せたときにはすでに、今のような仏頂面だった。

いつも飄々《ひょうひょう》としている彼にしては、めずらしい表情だ。

「……嫌なもんだねえ。どこの世も生きにくいことこのうえない」

答えになっているようでなっていないコンの言葉に、浩平は首を捻りながらなごみを見る。

「コンは縛りが好きじゃないけん」

「縛り？」

「見習いの見習いを、仲間は格下に見とうらしい」

「要するに、縦社会みたいなやつですか？」

なんとなく察したところでもう一度コンの顔を見ると、重い息を吐き出している。

年功序列だとかなんとかは人間の世界にもあるが、それと同じように……いや、神さまの世界はそれ以上に厳しい戒律でもあるのかもしれない。

つまらなさそうにしているコンを見ながら、浩平はそう感じた。

「……見返してやるっちゃろう？　そのうち」

呆れてはいても、いつもよりやわらかい声のなごみは、コンの前にそっと器を置いた。

両手で包み込めるくらいの大きさの、ボウル型の深皿からは、ほわりと湯気がたっている。

そこに見えたのは、

「――っ、あげ!!」

きんちゃく袋のように、口がかんぴょうで結ばれたあげだ。

目にするなり明るい声をあげるコンに、なごみはクスリと微笑んだ。

「……単純」

どうやら彼女は、コンの機嫌を直そうと、好物のあげを使った料理を出したらしい。ついさっき面倒くさいとぼやいていたはずなのに、なんだかんだで面倒見のいい女性なのだと、浩平は微笑ましく感じた。

「なかなかニクいことしてくれるねえ、なごみ」

さっきまでの仏頂面はまぼろしだったのかと思えるような、嬉々とした表情をコンは返した。

「今日は焼いたあげじゃなかとですね、なごみさん」

コンのかたわらまで移動して、まだうっすらとした湯気をあげるきんちゃくを見ながら、浩平が訊ねる。

「これは煮た。七宝あげ」

「へえ、七宝。なんか、名前からして縁起が良さそうですね」

ふたりのやりとりの横で、コンがあげきんちゃくをほおばる。

半分に切りとられたそこから、中身の具が見えた。

「あっ、肉が見えとう！　コンさん、あとはなんが入っとうとですか？」

「これは大豆だねえ。それから、しいたけ……」

食感で確かめるコンにうなずいて、なごみが言った。

「細く切った豚肉に、コンが言った大豆としいたけ、あとはニンジン、インゲン豆、コーン、うずらの玉子」

「ちゃんと七品入ってますね！　あげを袋みたいに使うとか、なごみさん器用やなあ」

美味い、美味いと舌鼓《したつづみ》をうちながら、残りのあげもパクパクと食べているコンを見ていると、とたんにお腹が減ってきた。

「……食べる？」

浩平の気持ちを読み取ったように、なごみが器を差し出す。味覚には自信が持てなくとも、嗅覚は存分に食欲を掻き立てる。

かつおでとっただしと、醤油が混ざった匂いに鼻先を刺激されて、あふれてきた唾を浩平はごくりと飲み込んだ。

「食べてみたいです！」

なごみの手から器を受け取ると、コンの隣に並んで座る。

もう一度匂いを確かめた浩平の横で、頬杖をついたコンが、いつもの余裕ある微笑みを浮かべて言った。

「なにせ七つの宝だ。おまえさんにもご利益がありそうだねえ、浩平」

七宝あげを食べるまでとは別のご機嫌な調子で言われると、やけに説得力がある。

コンの言葉にうなずいた浩平は、あげを口に運んだ。ひとくち噛みしめると、たっぷりの煮汁を含んだあげから、ジュワッと汁がしたたる。

酒とみりんに締められた醤油の風味とともに、かつおの香りも届いてきた。

さっきなごみが言っていた七つの宝にも、しっかりと味が行き渡っていて、豚肉の旨味もいいアクセントになっている。

「あー、美味かあ」

と、ここまでしっかりと舌で感じ取ったものに、浩平は静かに驚く。

自分はたしかに今、醤油の風味までしっかりと感じた、と。

「オレの機嫌が良くなるのも、分かるだろう?」

目を細めて笑うコンは、さながら狐らしい顔に見えるものだ。舌に残る鮮明な味に驚きつつも、そんな感想を抱きながら浩平は問い返す。

「醤油って塩分やったですよね、コンさん」

「だろうねえ。麦、大豆、水、麹菌《こうじ》……作るときには塩も使うんじゃなかったかい？　なあ、なごみ」

返事の代わりに小さくうなずく彼女を、ぼんやりと見つめながら浩平はつぶやく。

「塩気のはずやのに、味がしっかり分かる……なんでやろ」

なごみ亭でたびたび味覚を取り戻すとき、それはまったく無意識のときばかりで、理由を探しても当然、解明はできない。

ここで食べて、しっかり「美味い」と確信を持てたものといえば、明太子が真んなかに巻かれた玉子焼き、水炊きシチュー。そして、たった今食べた七宝あげ——そのどれにも、共通点は見出せない。

「ほーら、さっそくのご利益だ」

ひとりですべてを悟っているかのように、コンは口角を持ちあげた。こういうときの彼は、さすが不思議な存在だと浩平に思わせる。

「どういうことですか」

「おまえさんが味を感じたとき、必ず揃っていることがあるのさ、浩平」

「揃っとう？」

「まあ、それは——」

その目を愉快そうに細めたまま、コンの視線はなごみに向く。

「……なん？」

わずかに眉を寄せて言葉を返した彼女に、コンは小さく肩をすくめる。

「本人がどこまで意識しているかは、オレには分からないけどねえ？」

ここにいれば、味覚は治る。あの金曜日、コンに言われた言葉は、あれからずっと浩平の胸にある。

彼が確信を持って言いきるにはそれなりの理由があって、おそらくそれは、なごみがいつもなにげなくやっていることなのだろう。

浩平がもう一度、頭のなかでそれぞれの料理の共通点を見つけ出そうとしたとき、屋台のすぐそばで、なにか賑やかにやりとりする声が聞こえてきた。

振り向けば、よく見知ったふたりが、真剣な顔つきで言い合いをしているのが見える。

「あれ？　邦男さんと瑞希さんやん」

浩平のつぶやきに、つられたようにして振り向いたコンは、「またか」とこぼす。

ふたりの論争といえば、浩平には嫌な予感しかない。けれど、

「……あそこ、迷惑」

すぐに宥《なだ》めろというかのごとく、目くばせをしてきたなごみに押されて、浩平は渋々立ちあがり、ふたりのもとへと向かった。

「あのー、こんばんは」

「あっ、ねえ、もー浩平くん！　この偏屈オヤジどげんかしてっ」

「偏屈とはどういうことや瑞希、俺はマトモなことば言いようやろが!! 浩平、どげんかせんといかんのは、瑞希のほうばい！」

声をかけたと思うと、ふたりから矢継ぎ早に食いかかられて、思わず一歩引いてしまう。

「な、なんの言い合いしようとですか……あんまり聞きたくないけど」

聞きたくない、という部分はボソリとつぶやいたおかげで、ふたりの耳には届かなかったみたいだ。

「お金はすべてやろ!? 世の正義はお金！ 金は天下の回りものっていうのを、この偏屈オヤジはぜんぜん分かってくれんとよ!?」

「バカタレが！ そげん金、金って言いよったら、いつか金に裏切られるって言いよろうが!!」

いつもぶつかる、真逆なふたりの考え。この論争については、折り合いをつけることはコンにもできず、なごみに至っては、この腫れ物には一切触れるつもりはないようだ。

「……おふたりの主張は、じゅうぶん分かりました。でも、そろそろ――」

浩平が横目をちらりと流したことで、ふたりはようやく変な注目を集めていることに気がついて、気まずそうに口をつぐんだ。

「やるじゃないか、おまえさん」

ふたりと連れだって戻った暖簾のなか、コンは悠長に頬杖をついたまま浩平に言う。なにげないこの格好が、やけに絵になるものだ。だからこそ、どことなく反感を覚えてしまうのは自分だけではないはずだと、浩平は内心の感情をひとりで肯定した。

「そげん称賛よりも、助けにきてほしかったですよ、コンさん」

「あのような救いようのない言い合いは、高みで見物しているに限るってもんだ。分かるかい、浩平」

「……」

「ぼくが出ていくよりも、コンさんが行ったほうがよっぽど有益やと思うんやけどな……」

ため息をついて返す浩平を、コンは軽く笑い飛ばす。そのあいだに、瑞希はカウンターの左奥、邦男は右奥の指定席へと別れて座る。

ふたりは、座り位置まで対極なのだ。

けれど、こんな風に毎回ぶつかりあっているふたりも、どちらかの顔が店で見られないときは、どうしたのかと心配するような一面もあったりするのだから、不思議だ。

むしろ、なごみ亭だけで顔を合わせる間柄にしては、まるで親子のように言いあえる関係は、考えようによっては羨ましくもある。

　とはいえ、その論争に巻き込まれたいとは、浩平には微塵も思えない。反発しあうふたりがいても、なごみは相変わらず平静なままだ。その冷静さをすこし分けてほしいと思いながらなごみを眺める浩平に、瑞希も邦男も、いつものメニューを注文する。

　瑞希はカルボナーラ、そして邦男は筑前煮《ちくぜん》――九州ではがめ煮と呼ばれている料理だ。

「瑞希！　日本人は和食ば食わんか、和食ば！」

「いやゃねー、これやけん古くさい偏屈オヤジは。そんなことばっかり言いよったら、娘さんにも煙たがられると思うけどー？」

「それを言うな！」

「やあーだ、図星やん」

　論争も、慣れてくれば夫婦漫才《めおとまんざい》のようにも見えるものだ。ほんのすこし余裕が出てきた浩平は、胸中でそんなことを思う。

「まったく、女も三十路《みそじ》前になったらこげん可愛げがなくなるっちゃな」

「邦さんに可愛いと思われんでも、結構ですー」

「ああ言えばこう言う……そのうえ、金、金言いよったら、救いようがなかぞ!?」

「だって、お金はがんばったらその分だけ、ちゃんと見返りとして手元に来てくれるやん。

好きなもんだってたくさん買えるしー？　さっき邦さん、いつか裏切られるって言ったけどさ、お金よりもよっぽど、人間のほうが裏切ること多いと思うけどねー」

「お、なんや瑞希。やけに実感のこもった言い方ばしてから」

「実感……っ、そんなのあるわけないやん！」

やりとりをしているうちに、瑞希の声が乱れた——そのさなかだった。

『みーつけたっ』

「へっ⁉」

なにか聞こえた気がして、浩平はキョロキョロと周囲を見回す。

「……どうしたと」

突然、変な動きをする浩平に怪訝そうな視線を向けて、なごみが問う。

「あ、いえ。今なんか——」

浩平は、たった今聞こえた声の主を探す。幼さの残る声色は、ここにいる人やコンのものとは違っていた。

ただの空耳やったんかな？　そう思おうとしたとき、静かだったコンがぽつりとつぶやいた。

「おや、本日のお客だね」

「お、お客さんって……どこにおります？」

「浩平、おまえさんよく気がついたねえ。なかなかめずらしい輩《やから》だよ、今日のは」

めずらしい輩、その響きに良いものは感じられない。この屋台だ、なにが起こっても不思議じゃないと思いつつも、浩平の気分は落ちつかない。

「あの、めずらしいって、もしかして……」

コンの隣に移動して訊ねようとしたとき、ふいに、なにかに遮られるように口が重くなる。

驚きの声が出そうになっても、それすらも出せない。まるで見えない麻酔でも打たれたみたいに、唇が、声帯が、動かせなくなっていた。

「こら、イタズラは感心しない。やめておきな」

コンの目は、たしかに浩平の顔を見ているが、その言葉は別のなにかに呼びかけているようだ。

「コ、コンさん……」

視線が交差して、ようやく口が動いたと思うと、

「よく考えたら、神使の見習いの見習いの見習いってむっちゃダサかね！」

思ってもいない言葉が、勝手につらつらと飛び出した。

「ほう、そうかいそうかい。おまえさんはそんなことを思っていたのか」

コンは口角をあげているけれど、その目はまったく笑っておらず、逆にすごみを感じてしまう。

浩平は「違う」と否定しようと試みるが、やはり自分の意思では口はひらけない。目は口ほどにものを言う、ということわざを思い出して、浩平は必死に目配せを送る。

そのうち、コンが静かに立ちあがった……と思ったら、突然、浩平の首根っこを力強く掴んだ。

「でも、ひとつ訂正しないとなあ。さっきのは、『見習い』がひとつ多かった」

額がくっつきそうなくらいに、コンは顔を寄せる。なおも笑っていない目に向かって、浩平は必死で返した。

「ごっ、ごめんなさい、ごめんなさい！　ぼくはぜんぜん、まったく、ダサいとか思ってらんですから!!」

無我夢中で声を張りあげてから、ようやく、自分の意思で言葉を発することができたことに気づいた。

「ああ、おまえさんが悪くないことくらい、ちゃーんと分かっているさ。浩平」

放心している浩平にコンはようやく微笑みを浮かべて、首根っこを掴んでいる手をグイっと引いた。

「うわっ、痛っ——くなか。あれ?」

 たしかに首のうしろにコンの手があって、確実に首を掴んでいたのに……と、そこまで考えてハッとした浩平は、急いでコンの手を確認する。

 その手はやはり、首根っこを掴んだままだ。

「やーだー! こんな動物みたいな持ち方、しないでよう!」

 浩平のものじゃなく、小さなこどもの。

「な、なん⁉」

 驚いている浩平のうしろで、それまで黙っていたなごみがぽつりと言う。

「……いらっしゃい、ちいさいお客さん」

 コンに首根っこを掴まれたその子は、地面から足が浮いた宙ぶらりんなさまで、ニカッと笑った。

「あは、こんばんはー!」

 その表情は、あどけないこどもそのものだ。けれど、浩平の目に見えているものがある。

 その子の頭のてっぺんにひとつ、ちいさな角が。

「え——、なん? かわいかねー。その角、触らして!」

ちょうど出来上がってきたカルボナーラを前に、瑞希は嬉しそうに声をかける。

「触らしてって、なんでそげん平気で言いようとですか、瑞希さん！　コンさん、この子なんなんですか!?」

明らかに人間とは違うと、浩平はビクつきながらコンに訊ねた。

「コレは鬼のこども。おまえさん、〝天の邪鬼《あまのじゃく》〟って聞いたことはないかい？」

「あまのじゃくって、思いとは裏腹なことを言ったりする？」

「そうか、おまえさんたちのあいだでは、ただのへそ曲がりっていう伝わり方だったねえ」

「……コンさんたちには、違うとですか？」

「天の邪鬼の語源を、浩平は知っているかい？」

「語源？」

天の邪鬼という言葉は知っていても、そんなものを気にとめたことはない。浩平は続きを待つように、コンの顔を見た。

「天の邪魔をする小鬼って意味があるのさ」

「て、天の邪魔って……思ったよりスケールが大きかったとですけど」

「ああ、壮大だよ。なんせこの語源には、昔々の神さんが絡んでいるのだからねえ」

その昔、神さまからの使いとして地上に送られた男がいた。名は天稚彦《あめのわかひこ》。

彼は、地上でひとりの娘と恋に落ち、結婚する。そのまま職務を放棄していた天稚彦に、神さまは何度も帰還を求めたが、彼が応じることはなかった。

業を煮やした神さまは、とうとう天から使者を出し、天稚彦を力ずくで連れ戻そうとした。

このとき、彼に仕えていた天探女《あめのさぐめ》という女が、天からの来訪者の報せを事前に天稚彦に告げる。彼女は、未来を見通すことや、人の心を読み取る能力に長けていたのだ。

そして、『連れ戻されたくなければ、奇襲を仕掛けて天の使者を討てばよい』との彼女からの助言により、天稚彦は弓で矢を射た。

しかしそれは、天の使者から射返されてしまい、天稚彦は還らぬ者となってしまった。

「今の話に出てきた〝天探女〟ってのが、天を邪魔する存在……のちに天の邪鬼の由来となったんだよ」

コンが穏やかな声音で神話を語るものだから、浩平はいつのまにか聞き入ってしまっていた。

「じゃ、じゃあ天の邪鬼って、最初は人間やったってことなんですか？」

「そうだねえ。昔は今の時代よりも、もっと人とあやかしとの共存が、当たり前にできていたのかもしれないよねえ。まあ、この鬼の子に関しては、人の心を見計らって悪戯《いたずら》を仕掛ける本質は、変わっていないだろうからさ、今も昔も。ああ、そうだ。おまえさんがさっき、ダサいとかなんとか言ったのは、コレに言わされただけだよ」

そう言って、コンは天の邪鬼に目を向けた。

気配を消してなごみ亭を訪れた天の邪鬼は、ずっと、浩平の背におんぶされるような格好でいたらしい。コンの説明で、どうしてさっき口が勝手に動いたのかが分かって、ようやく納得できた。

「で、鬼の子。おまえさん、もうこの店の者に悪戯しないと約束できるかい？」

さっきからずっと宙ぶらりんでいる天の邪鬼に、コンは視線を向けた。

「約束しなかったらー、ずうっとこのまま？」

「このまま……場合によっては偉ーい神さんのもとに連行して、こっぴどく説教してもらうかねえ」

含み笑いを返すコンに、天の邪鬼はビクリと表情を固くして、すぐに言い返した。

「する、約束するから！　怒られたくなんかないようっ」

はたから眺めていると、まるで幼児を虐めているようなさまだ。天の邪鬼はガラス玉のような瞳をキラキラさせていて、角さえ見えなければ可愛らしい男の子にしか見えない。

必死の懇願に「仕方ない」とつぶやきながら、コンはようやく、天の邪鬼を地面に降ろした。

狐に猫又、その次は鬼のこども。

別に望んではいないバリエーションの豊かさに、浩平は次になにがきてももう驚きはしないと、こっそり決意を固めた。

さっきの悪戯を思い出した浩平は、天の邪鬼のそばからなんとなく距離を取りたくなって、厨房に立つなごみの隣へそっと移動する。

「……なごみさん」

天の邪鬼の悪戯、そして天の邪鬼をコンが捕獲するまでのあいだ、なごみはただ静かに仕事を淡々とこなしていた。厨房は温まったがめ煮のだしと醤油、そこに交ざったゴボウの匂いで満たされている。

自分のほうを見あげるなごみに、浩平は抑えた声で訊ねる。

「鬼、とか……普通におるもんなんですね？」

「案外、多いかもしれんね」

淡々と答える姿は、一種の逞《たくま》しささえ感じさせる。戸惑うばかりの自分が急に情けなく感じて、浩平は続けて訊いた。

「なごみさんは、今までに会ったことがあるとですか？　鬼に」

「ないけど……でも、あの子がおる理由はなんとなく分かる。ここ中洲やし」

「中洲やけん、天の邪鬼？」

「口上で夢を見せる」

言いながら、なごみの視線が瑞希を捉える。カルボナーラを食べている彼女は、まだ視線には気づいていないようだ。

「それ、水商売のことですか？」

「人間でも、天の邪鬼が多そうやろ、ネオン街」

「……たしかに」

そんな話をしているうちに、いつのまにか天の邪鬼は椅子に膝をついて、カウンターのうえに身を乗り出してふたりのやりとりを見聞きしていた。

「！　あ、別に、きみの文句を言いよったわけじゃなかよ！」

「えー、ほんとかなあ？　お兄ちゃんはボクのこと、気味が悪いって思ってるよねえ？」

「いやいや、そげなことはっ」

本当は、〝鬼〟という響きにほんのすこしの怖さを感じている部分もある。けれど、害のなさそうな目をまっすぐに向けられて、浩平はつい否定してしまった。

「お兄ちゃんって、ボクより天の邪鬼だねー。すごいすごいっ」

まさか、天の邪鬼に褒められるとは思っていなかった。まあ、浩平はちっとも喜べないでいるが。

それよりも、さっきコンが言っていた、〝めずらしい輩〟で〝今日のお客〟がこの子だとすれば、彼にも注文をとらなければならないのだろうかと、そのことが気になってきた。

「鬼の子、おまえさんは食事しに来たのかい？」

浩平の気持ちを汲んだように、コンが天の邪鬼に訊ねる。

「違うよー？　別にボク、人間の料理なんか食べたくないしぃ。あ、それからね、ボクの名前はアオ。鬼の子って名前じゃないからね、狐のおじさん」

「おじさんとは、おまえさん言ってくれるじゃないか。アオはここに、遊びに来たってだけなのかい？」

なにがおかしいのか、コンは愉しそうに肩を揺らす。

その隣でアオは、カウンターに身を乗り出したまま、「うーん」と首を捻る。

「なんだかここさあ、すごく魅力的だったんだよねえ。素直じゃない人間ばーっかりで。この人とこの人……」

アオは瑞希と邦男を指で差したあと、最後に浩平の顔を見た。

「そして、お兄ちゃんがいちばんね！　みーんな、ボクの友だちだねっ」

明るく弾む声で言われて、指差された三人は返す言葉をなくした。

不思議な存在にも悪意はなく、たとえあやかしであれ、こどもはこどもらしいのかもしれないと、浩平は曖昧に微笑んでおいた。

「やれやれ……ここはこどもの遊び場じゃあないんだけどねえ。なあ、なごみ？」

「でもお客やろ」

言い返す余地を与えないなごみの返答に、コンは笑いながら肩をすくめた。

主……というよりも、裏ボスみたいやな。などと内心でつぶやきながら、この店に来てからめっきり密かなひとりごとが増えたなと、浩平も笑ってしまった。

邦男にがめ煮を差し出したあと、なごみはアオに目を向ける。

「ただの好奇心じゃなかろう、ここに来たの」

「どうして？　お姉ちゃんにはなにか分かるの？」

「ただの勘やけど……わたしの勘は、よく当たる」

うっすらと口元に微笑みを浮かべたなごみを、アオは「んー？」と唸りながらしばらく見つめる。

そして、ニコリと笑った。

「ボクねー、ちょっと実験がしてみたいんだあ。お姉ちゃん、協力してくれないかなあって」

「……実験？」

眉を寄せるなごみに、コンが返す。

「ほらなごみ、鬼の子は遊び心満載じゃないか」

さっきは言い返せないでいたのに、そんなことはおかまいなしに勝ち誇った表情で言うコンの隣で、アオはキョトンとして告げる。

「なに言ってるの？　お姉ちゃんが協力してくれるんだったら、ボク、ちゃんとお客さんするよー？」

「……待っておくれ、話がこんがらがってきているのは、オレだけかい」

額を押さえながらうなだれるコンは、黙々と飲み食いしている邦男を見やる。

「俺は部外者やけん、巻き込まんでくれよ、コン」

冷たくあしらわれて、次は浩平に視線が移される。

「コンさんでも、ペース乱されることがあるとですね」

「どうやら幼い者は苦手だって、今になって実感しているところさ。浩平も、さっきこの鬼の子が言ったことを聞いていたよなあ？」

「聞いとったと思うけど……どのあたりですか？」

「鬼の子が『人間の料理なんか食べたくない』とたしかに言ったと、援護する証人になってくれないかい？」

その会話は浩平の記憶にもまだ新しく、混乱を整理しようとしているコンに、覚えている、という言葉の代わりにうなずきを返す。

「けど、それがどうかしたとですか？」

「いいかい浩平、鬼の子は『食べたくない』と言ったのにもかかわらず、『お客さんするよ』とついさっき言っただろう？　鬼の子の思考回路が、おまえさんには解せるかい？」

単純に考えれば、食事どころにいるのに「食べたくない」などといって、すこし前にはなにも注文をしなかったのに、今ごろになってお客――つまりはなにか注文する立場だと主張したアオに、思考が追いつかないとコンは言いたいのだろう。

浩平はアオの顔を見る。

「あの……きみの言いよう〝実験〟っていうの、教えてもらえんかいな？　なごみさんの協力が必要でこん店に来たってことは、食べもんに関係があるっちゃないと？」

「教えてあげてもいーけど……お姉ちゃん、ちょっとそっちに行ってもいい？」

丸い目をなごみに向けたアオは、彼女がうなずくのを確認すると、椅子のうえからひらりとカウンターを飛び越えて、厨房スペースへと着地する。

なんとも身軽だ。けれど、その所作のひとつひとつにはなんの物音もない。やはり彼も不思議な存在なのだということを、浩平は実感した。

なごみと浩平のあいだに立ったアオが、なごみを見あげて手招きをする。

彼女の膝よりも、すこし高いくらいのアオの視線に合わせるように、なごみは膝を折り曲げて屈んだ。

そして、彼女にだけ聞こえるように両手を口元に添えて、アオはなごみに耳打ちをした。

耳元から離れたアオの顔を、目を丸くして見つめるなごみに、

「ね、楽しそうな実験、でしょ?」

アオはニッコリと、言葉の通り楽しそうに笑って見せた。

＊＊＊

「やれやれ、とんだ珍客だったねえ」

なごみに耳打ちをしたあと、アオは瑞希と邦男に絡み出し、さすがのふたりも早々に退散してしまった。

そしてたった今、見かねたコンがやんわりと叱りつけ、また来週くると言い残したアオ

も消えていった。

「コンさん、意外と短気ですよね」

自分がアオの悪戯を受けたときと、さっきのやんわり——言い換えると静かなコンの怒りを振り返り、浩平がつぶやく。

屋台のなかにいれば、時間の流れを忘れそうなほどにゆったりとしているが、那珂川通りりにはまだまだ賑わいがある。

「短気？　そんなことはないさ」

「自覚がないだけじゃなかですか？」

「オレはね、なごみが被害を受ける程じゃなけりゃあ、叱ったりはしていないさ」

その言葉に思わずポカンとしている浩平の顔に気づいて、コンは愉しそうに笑う。

「なんだい、意外かい？」

「なんて言うか、主に従う忠犬みたいな考えば、持っとうっちゃなって」

「忠犬か、そいつはいい表現だ！　なごみには……まあ、実際にはなごみのじい様にだが、オレは繋がれているからねえ。この店を守ることは、じい様との約束ごとさ」

「なごみさんのお祖父さんって、もともとこの屋台の持ち主やったっていう？」

肯定するようにニコリと微笑んだコンは、浩平から、隣のなごみへと視線を移した。

「それでなごみ？　さっきはアオに、なにを言われたんだい」

アオが耳打ちしているときの格好だろう、コンは口元に手を添えてなごみに訊ねた。

「注文、受けただけ。来週の」

「そのわりには、驚いていたみたいだったけどねえ」

「それは……あの子が食べさせたかって言ったのが、瑞希さんやったけん」

「へえ。瑞希にねえ」

片方の口角をついとあげたコンの微笑みは、もうすでに、なにかピンときたように見えた。

「また、答えはひとり占めするとでしょう、コンさん」

浩平が言うと、コンはからからと声をあげて笑う。

「なんだい、人聞きが悪い」

「だって、ミーさんのときのこと、最後まで教えてくれんかったやないですか」

浩平の言い方がおかしかったのか、ひときわ高い声をあげて笑ったコンは、ゆったりと頬杖をついて返した。

「分かった、分かった。それじゃあ今回は、ヒントをあげようか」

「なんですか、ヒントって……」

「おまえさんのその、愛らしいふて腐れ顔を見るのは悪くない。もうすこし遊ばせておくれ」

「……言い回しが心地悪いうえに、むっちゃ性格が悪いやないですか」

ぶつくさとぼやく浩平をもう一度笑い飛ばして、コンの視線が再びなごみに向けられた。

「なあ、なごみ。おまえさんが驚いたのは、あの鬼の子がどこから生まれたか、についてじゃなかったかい?」

そうとも違うとも返さないなごみだったが、それが逆に肯定ととれた。

「生まれたって、コンさんたちははじめから神さんやなかったんですか?」

「そうだねえ、たしかにいろいろ種類はある。人間でも親の七光りだとか言われているみたいに、初っぱなからエリートもいるさ。オレの場合は、ウカとなごみのじい様に運よく拾われた野良……今の名がないときには、野狐《やこ》って呼ばれる存在だったなあ」

「ええと……それは、位があるってことですか?」

すこしずつコンのことも知っていくなかで、疑問はつぎつぎに増えていくばかりだ。

問いかけた浩平に、ニコリと微笑みを返しながら、コンは続けた。

「位だとかなんだとかの序列の話、オレは好きじゃないんだ。話題を戻していいかい?ちなみに、鬼はいくらでも生まれてくるもんだって、おまえさんは知っていたかい、浩平」

「い、いくらでも？」

「そう、いくらでも、だね」

意味ありげなコンの視線を前に、ビクっとした浩平の肩を、なごみがトンとつついて言う。

「……さっき、話したこと」

なごみがどの話を指しているのかと考える浩平に向かって、コンがカウンターに身を乗り出した。

「この街は、食い物や酒だけじゃない。人にも酔える……なんとも夢がある街だと思わないかい」

「それ――さっきなごみさんが話しとった〝口上で夢を見せる〟っていうのと、同じ意味ですか？」

「そうそう。内心はどう思っていようが、お客をいい気分にさせる……そう考えると、中洲には天の邪鬼な人間ばかりだねえ。そうは思わないかい、おふたりさん」

コンが繰り出してくるロジックは、簡単そうに思えて、しっかりと噛み砕かなければ核心は理解できそうにない。

浩平はそれでも、懸命に思考を回転させる。

思い当たったのは、さっきコンから聞いたばかりの、天探女の神話だ。

「もしかしてコンさん、アオくんは人間から生まれたって言いようとですか?」

「おや、ヒントを与えすぎたかねえ」

愉しげなコンの顔を見ながら、浩平は考える。

天の邪鬼が人間から生まれてくる。そして、その天の邪鬼であるアオが注文した料理は、瑞希に食べさせたいと言ったのだ。

そうして自然と導き出された答えは——、

「コンさん、ぼくの脳内が、アオくんは瑞希さんの天の邪鬼なんやないかって叫びようとですけど」

アオと瑞希の関係だった。

「おまえさん、案外賢いじゃないか。答えに行き着くのが早すぎて、遊び相手にしては手応えがなかったねえ」

難しいジグソーパズルが完成したときのように、浩平は無意識に晴れやかな顔をする。

それを見ていたコンは、心底おかしそうに笑った。

「それで……瑞希さんに食べさせたいって、アオくんはいったい、なんを注文したとですか？　なごみさん」

なごみ亭に瑞希がいた、そしてここで実験がしてみたい。アオがこの店を選んだ理由が分かったところで、次に気になってくるのは、彼がお客として注文した料理だった。

「……カルボナーラ」

「カルボナーラって、それ、なんかデジャブですね」

なごみの答えに、浩平は首を捻る。

〝デジャブ〟と言ったのは、ミーと聡美のことを思い出したからだ。あのときと同じように、アオもまた、すでに瑞希が食べているものを注文したということだ。

「来週、食べにくるらしか。あの子」

「でも、瑞希さんに食べさせたいっちゃなかったんですか？」

「浩平も知っとうよね、瑞希さんは毎回、こん店にカルボナーラを食べにきよるって」

「はい、もちろん。いつも食べるけん、飽きんとかなって思いますけど」

浩平は、いつも瑞希が座るカウンターの端に目をやる。その場所で彼女は、毎回幸せそうにカルボナーラをほおばるのだ。

「あの人がここでカルボナーラを食べ始めたとが、わたしが店長になってすぐあとやったけん……だいたい、二年くらい経つ」

「二年も同じもんを食べようとですか⁉　てか、なごみさんもこん店経営して二年くらいなもんやったとか……意外な事実なんですけど」

ひどく剥きにくい玉ねぎの薄皮を丁寧に剥がすように、すこしずつ、なごみやコンのことを浩平は知っていく。

そんな話を聞かせてもらうごとに、なんというか、自分もここにいて良いのだと許されている気がして、どことなく気分が浮きあがってくる。

「祖父の代のときから、瑞希さんも邦さんもここにきよったみたいやけん、この屋台とのかかわりは、あの人たちのほうが実は先輩。で、瑞希さん、初めて注文したときは、泣きながら食べよった。カルボナーラ」

「泣きながらって、あの瑞希さんがですか⁉」

浩平が持つ瑞希のイメージは、底抜けに明るい。いつも笑っていて、軽快に会話を楽しんでいる。

その瑞希が、カルボナーラを泣きながら食べていたという。そのときの彼女は、いったいどんな想いを抱えていたのだろうか。

「鬼の子は、浩平がいちばんの天の邪鬼のように言っていたけどさ、この店のお客でだれよりも、瑞希がいちばん天の邪鬼だと思うねえ、オレは」

そして例のごとく、コンはなからお見通しなのだろう。瑞希の抱えているものが。

「……足らんっちゃろうね、なんかが」

しばらく遠くを見つめていたなごみが、ぽつりとつぶやいた。

ぼんやりとした視線のさきに彼女が見ているのは、カルボナーラを食べている瑞希の姿だろう。

なごみはいつも、こうしてカウンターのなかから料理を食べる人を見ていて、今の自分と同じように、その人がなにを思いながら食べているのかと想像したりするのだろうか。

彼女の視点を探ろうとしても、今の浩平には到底知り得ることはできそうにない。

「足らんって、なんですかなごみさん」

「瑞希さんは、二年かけて探しようとかもしれん。本当に食べたいカルボナーラを」

「本当に、食べたい……？」

それを知っているからこそ、アオはカルボナーラを注文したのではないかと、なごみは言う。アオも彼女が食べたがっているカルボナーラを、探しているのではないか、と。

なごみは、料理に関することにはいつも真剣だ。

それは浩平がここに来た日に、自分の味覚を「治そう」と言ってくれたときから感じていたことだ。

常連の瑞希が毎回カルボナーラを注文するとき、なにも聞かずにはいるけれど、なごみなりにその理由が気にかかっているのかもしれない。

「なごみ、おまえさんのおかげで、なんとなく分かってきたよ」

静かになごみの言葉を聞いていたコンが、ふいに口角をあげて見せる。

「なんが分かったとですか、コンさん」

「瑞希から、鬼の子が生まれた理由だね」

そして、アオがなぜ、瑞希にカルボナーラを食べさせたいと願ったのか。

なごみが言ったことは的外れではないと、コンは微笑みながら肯定した。

＊＊＊

待ちわびている日までの時間の経過は、早いようで遅い。

さほど心待ちにしていたわけでもなかったけれど、一週間のあいだ、まったく気がかりでなかったわけでもない。訪れたこの金曜日に、浩平がどこかそわそわとした心地でいたのも事実だ。

「ご注文の料理、どうぞ」

厨房スペースには浩平となごみ、カウンターにはコンとアオが顔を揃えたなごみ亭は、黒コショウとパンチェッタの香りが利いた、カルボナーラの匂いで満たされていた。

「わーい、お姉ちゃんありがとー」

代わりに皿を受け取ったコンが、隣に並んで座るアオの前にカルボナーラを置いた。

「コンさん、なんかお父さんみたいに見えますよ」

「浩平……そこはせめて、兄弟にとどめるべきじゃないかい？　神使のなかじゃ、オレはまだ若いほうなんだ」

「あ、いや、見た目とかじゃなくてから、けっこう面倒見がいいけん、つい。すみません」

「なんだい、おまえさんも世話をやいてほしいのなら、いつだってやいてやるよ？」

「コンさんのその微笑みに、寒気がするのはなんででしょうか……」

ときどき、冗談だか本気だか分からないコンの口ぶりには、浩平はいまだに馴れない。変に妖艶なコンの微笑みに、浩平はぎこちない苦笑いで返す。

それは決して浩平だけではなかったようで、隣ではなごみが、ふたりのやりとりを白い目で見つめていた。

「なごみさん、なんて顔しとうとですか」

「別に」

「いやぜったい、変なこと想像しとったでしょう!?」

「……偏見は持たんようにするけん、大丈夫」

「やけん、今のはコンさんの悪ふざけで――」

「オレはふざけてなんていないけどねえ。心づもりは万端だし、いつこの手を取ってくれてもかまわないよ?」

勢いよく顔を向けた先で、無駄に優美なコンの微笑みと、差しのべられた手に迎えられる。浩平は無言で、コンの手を払いのけた。

先日コンは、瑞希に毛皮を刈られそうだと貞操の危機を訴えていたが、明らかに今の自分のほうが貞操の危機な気がしてならなかった。

頃合いを見計らったようにして、軽やかな笑い声が響く。

「みんな、仲良しなんだねー!」

あはは、と、こどもらしい笑い方に、空気がガラリと変わる。浩平はアオに微笑みを返した。

「アオくん、目の前のそれが、いつも瑞希さんが食べようカルボナーラばい」

「うん。食べてみてもいーかな?」

「あったかいうちが美味しかろうけん、食べたら」

フォークは使いづらいと箸を手にしたアオは、なごみに向けて「いただきます」と手を合わせてから、スパゲティを口に運んだ。

「美味しーい！　でも、うーん……」

初めのひと口を飲み込んで、アオはもうひと口を悩みながらモグモグと咀嚼する。

浩平は、まだここのカルボナーラを食べたことはないが、チーズと卵黄とベシャメルソースがその滑らかさを伝えてくれ、視覚はとても刺激を受ける。自分も食べてみたいと思わせる程だ。

けれど、アオの反応はあまり浮かない。

「……口に合わん？」

なごみがアオをまっすぐに見つめて訊ねる。

無表情なままのなごみの視線に射抜かれたものだから、アオは怯んだようだ。

「あっ……ごめーん、お姉ちゃん。嫌いとかじゃないんだあ。そもそも人間の食べ物を食べることとなんか、滅多にないしい。でもね、カルボナーラは前にも食べたことがあって、そのときのとはなにか、ちょっと味が違うなあって」

ごまかしも含んだような明るい笑い方に、数回まばたきをしたなごみは小さく首を傾げた。

「そんときはなんで食べたと?」

「瑞希ちゃんのそばで、こっそりつまみ食いしたんだっ」

アオの口ぶりから、瑞希はずっと、天の邪鬼な一面を抱えていたことが窺える。

真っ向から正直にいられる人間のほうが少ないのだろうから、瑞希に限らず、誰もが天の邪鬼とともに生きているのかもしれない。

自分のなかにいる天の邪鬼は、美少女だと嬉しいな……などと、浩平はこっそり考えてしまった。

「足らんって……なんやろう」

料理に関することだけに、なごみは真剣な表情で考え込んでしまった。

ふいに、浩平の対面でカウンターに肘をついたコンが、訳知り顔で微笑む。

「ふうん、そういうことか。おまえさんも難儀なものだなあ、アオ」

「狐さんよりは、楽ちんだと思うけどー?」

「……生意気だねえ」

軽く眉を寄せながら、コンはなごみをゆるりと見あげる。

「なごみ、アオにクニのメニューを食べさせてやることはできるかい?」

「邦さん……がめ煮?」

「そう。今回の鍵は〝組合せ〟だ」

訝しげな顔をしているなごみの代弁をするかのように、アオが大げさなくらいに高く声をあげた。

「どうして狐さんが、ボクの注文するのー?」

「おまえさんが、要《かなめ》に気づいていないみたいだからねえ」

「なあに、それ。難しい言い方されても、ボク分かんなーい」

「分からなくてもいい、食べてみれば分かるさ」

コンの注文に「できる」と答えたなごみは、さっそく調理に入る。

厨房の補佐を任された浩平は、内心でドキドキしながらなごみの動向を見守った。

「煮物は、『旨煮』『含め煮』『炒り煮』におおまかに分けられるけど、浩平はがめ煮がどこに入ると思う?」

材料を乱切りにしながら、なごみが訊ねてくる。

「炒り煮っていえば、なんとなくやけど……炒めてから煮るんですよね? 旨煮と含め煮の違いが、ぼくにはよく分からんです」

「含め煮は、煮浸しとか。煮つけたあとに、煮汁を含ませる……高野豆腐とかはこの部類に入るやろうね。で、旨煮は煮つけの基本。だし汁八割に対して、みりん・砂糖が一、醤油が一が黄金比って言われとう。がめ煮もここの部類」

料理中はとたんに饒舌《じょうぜつ》になるなごみへの対応に、戸惑いながら浩平はこくこくとうなずく。

「じゃあ、これから作るがめ煮も、黄金比でやるんですね！」

材料を切り揃えて、鍋のなかでは手際よく野菜と鶏肉が煮立てられていく。

浮かんでくる灰汁《あく》もきっちりと取り除かれて、いよいよ味つけだ。

「うちで作るのは、黄金比よりも甘味と醬油がすこし多い。もともと九州の醬油は、製造段階で糖分が含まれとうけん関東とくらべて甘口なんやけど、ここで出しようがめ煮も、どっちかというと甘口」

なごみは馴れた手つきでお玉で計りながら、砂糖、みりん、酒をすこしずつ入れていく。

この目分量でいつもの味が出せるのだから、やはりプロは違う。

そんなことを思って眺めているうちに、いつも邦男がいるときに匂う、がめ煮の香りが浩平の鼻孔に届いてきた。

コンから注文を受けて、四〇分。

ゆっくりと煮つけたがめ煮が器に盛りつけされて、アオの前に差し出された。

「わー、さっきのスパゲティは白かったのに、これは黒ーい！　これが、あの怖そうなクニおじさんが食べてるがめ煮ってやつなんだねー」

アオが白と黒にたとえたものだから、いつも意見をぶつけあう瑞希と邦男は、料理の色まで対極なのかと、浩平は吹き出しそうになる。

「アオ、とりあえずそのがめ煮、食べてみてごらん」

「よく分かんないけど、分かったー」

浩平には、アオがコンに返した言葉のほうがよく分からなかったが、箸を持って煮物を口に運ぶアオの姿を、黙って見守った。

カルボナーラのときとは違って、アオは黙りこくって咀嚼を繰り返す。

飲み込んでしばらく経っても、口をひらこうとはしない。

「どうだい？」

そんなアオに、コンがゆったりと声をかけた。

「狐さん……この、黒いの……」

「それは〝醬油〟って調味料なんだよ、鬼の子」

「しょうゆ――」

コンの返答を聞いて、手元の器に残ったがめ煮を、アオはまじまじと見つめる。

「お姉ちゃん、ボク分かったよ。なにが違ったのか！」

そして輝く瞳を、なごみへと向けた。

＊＊＊

「それじゃあ、今日だけは呼んであげようかねえ」

そう言って、コンはすらりとした指をパチンと鳴らした。

「なごみちゃん、お疲れさん！　今日は仕事が順調に片づいたけん、早く来たばい。いつもんと、頼むね」

それから五分と経たないうちに、太い声を響かせながら邦男が暖簾をくぐり、指定席の右奥へと腰を降ろす。

てっきり、瑞希が来るものだと思っていた浩平は、なぜかと問うようなまなざしをコンに投げかける。

そうこうしていると、瑞希が軽やかな足どりで屋台へと顔を出した。

「やっほーなごみん！　なーんか、今日は早く来んといかん気がしてから、急いじゃったあ。あら、アオちゃんもおるやーん！」

瑞希はアオの頭をひと撫でしたあと、定位置の左奥へと迷いなく進んだ。本当に急いで来たのか、いつもより化粧は薄いし髪も巻いていない。

「ふたりとも、いらっしゃい」

なごみはそ知らぬ顔で声をかける。

ふたりはコンに呼び寄せられたことに気づくことはなく、なごみもそれを教える気はないらしい。

コンの指鳴らしの威力と、それに伴う反応の検証実験でもしているみたいだ、と、浩平はその光景を見ていた。

「浩平くん、今日は一段とヌケた顔やねえ」

「……こんばんは、瑞希さん。第一声から失礼な言葉がもらえて嬉しかです」

「邦さんも、相変わらず——」

「なんや瑞希、いつも強面やとか言って、おまえは本当に失礼やな！」

「まだうち、なーんも言っとらんよー？」

ケラケラと笑い出した瑞希に、邦男はぐっと声を詰まらせる。

毎回このやりとりを楽しんでいるのだから、なんだかんだとこのふたりは阿吽《あうん》の呼吸なのだ。

「瑞希さん」

瑞希がひとしきり笑ったあと、見計らったようになごみが声をかけた。

「あなたに食べてみてほしいもんがあるんやけど……よか？」

「なんね、なごみん改まって。うち食いしん坊やし、なんでも食べるよー？」

彼女が店に来る前の、なごみとアオのやりとりを知らない瑞希は、いつもの調子で軽く返す。

なごみがこれから出す料理は、瑞希にとって、とても大切なひと皿なのかもしれない。

さっきの、アオの言葉を聞いていた浩平は、密かに緊張していた。

いつも瑞希が食べているカルボナーラに、なにかが足りない。その足りないものを、アオは見つけたと言った。

どういうことかと訊ねたなごみに、アオはニカッと笑って答えた。

『今食べた、これだよー』、と。

アオが指でさし示したのは、目の前のがめ煮だった。

瑞希が抱えた思い出に、絶対に必要なものなのだ。行き当たった〝足りないもの〟を、なごみにそっと耳打ちしたアオは、それを瑞希に食べさせてほしいと言った。

「改まって言うけん、なんかと思ったけど……なごみん、これ」

「それが、瑞希さんに食べてほしいもん」

それが、いつもと見た目は大差ないカルボナーラだ。

瑞希が来てからずっと、アオはニコニコとしながら瑞希の姿を眺めている。その姿は、イタズラを仕掛けてウキウキしていることもそのものだ。

「食べてほしかって……いっつも食べようやん、うち」

笑いながら握ったフォークに、スパゲティをクルクルと器用に巻きつけ、瑞希がぱくりとほおばった――瞬間だ。

彼女はまばたきも忘れたようにして、動きをとめた。

「み、瑞希さん？」

たどたどしく声をかけた浩平とともに、全員の視線が瑞希に集中する。

周囲の注目にはまったく気づかずに、瑞希は手元の皿を凝視しながらつぶやいた。

「なごみん……味、変えた？」

「リクエストがあったけん、ちょっと足したもんがある」

「リクエストって、誰から……」

なごみは、驚きと困惑が混ざったような顔をした瑞希から、その瞳をアオへと向ける。

「アオ、ちゃん？　ねえ、きみがこのスパゲティばなごみんに頼んだと!?」

「美味しかった？　瑞希ちゃん」

瑞希の反応が嬉しかったのか、悪戯が成功した気分でいるのか。そのどちらとも取れるようなあどけない笑顔で、アオが答える。

対照的な表情を浮かべて見つめあっているふたりを前に、浩平は目をしばたたきながらなごみを見おろした。

「……なごみさん、いったいなんしたとですか？　カルボナーラに」

「醤油」

「はい？」

飛び出してきた単語は、洋食とはとうてい結びつかないもので、浩平は自分でも思うほど、マヌケな声をあげてしまった。

「醤油が足らんって、アオが」

「もしかして、それ——がめ煮に使っとう醤油のことですか？」

ひとつうなずいたなごみのそばで、浩平は勢いよくコンの顔を見る。

「なんだい浩平、熱いまなざしをくれて」

「さっきのがめ煮って、コンさんが注文しよったですよね？」

「ああ、どうやら的を射ていたようだねえ」

適当そうに見せかけた微笑みの裏で、コンは確実に、なにかに気づいている。それを表に出さずに、的の中心まで導くような行動をするのには、コンなりの理由があるように浩平には思えた。とはいえ、その理由を今の段階では、まだ聞けそうな気はしない。

そうしてコンに導かれたアオは、カルボナーラのソースに醬油を足すように、なごみに注文をしたのだ。

「なんで……なんでアオちゃんが、この味ば知っとうと……」

瑞希が大切にしている料理を、再び彼女に食べさせるために。

そこから考えると、コンと同じように、アオにもなんらかの理由があるのだろうか。

「あのさ、アオくん」

驚くばかりでいる瑞希から視線をずらして、浩平はアオに声をかける。

「なあにー、お兄ちゃん」

「これが、きみの言っとった〝実験〟ってやつ？」

その理由は、きっと、先日、本人が言っていたことにヒントがある。

そう感じた浩平は、探るようなまなざしを向けた。

「あ、そっかあ！　実験のこと、まだお姉ちゃんにしか言ってなかったんだったねえ」

あははっ、と、弾けるように笑ったアオは、次に瑞希の顔を見た。

「答えあわせの前にぃ、まず瑞希ちゃん！　今食べたカルボナーラ、ちゃんとソウスケのに似てた？」

「な、なんで颯介《そうすけ》のことまで知っとうと⁉」

「もーう、質問の順番はボクがさきなんだからー。それで、似てた？　似てなかった？　どっち？」

「似とう……っていうか、ほとんど同じやったけど……」

「うんうん、だよねー。もともと、味が似てたから、ここのカルボナーラをずっと食べてたんだもんねえ」

ニコニコしながら返答するアオから勢いよく顔を背けた瑞希は、食いかかるようになごみを呼ぶ。

「ちょっとなごみん、なんこの子！」

「……天の邪鬼」

「そげんことは分かっとう！　なんでこの子、うちんことに詳しいと⁉」

「アオは、瑞希さんの天の邪鬼やけん」

「──っ」

勢いまかせになにか返そうとしていた瑞希が、言葉を飲みこんだ。

彼女がそろりと視線を流した先には、楽しそうな笑顔のアオがいた。

「驚かせてごめんねー、瑞希ちゃん。でもこれで、瑞希ちゃんもスッキリしたでしょ？」

もし、浩平が瑞希の立場ならば、この展開についていけている自信はない。だからこそ、言葉を失っている瑞希の気持ちがよく分かる。

「こらこら、アオ」

悪びれずにいるアオの頭を、コンが軽く叩く。

「おまえさん、ひとりで愉しみすぎていることに、気づかないといけないねえ。なにも瑞希を、怖がらせるためだけに出てきたわけじゃあないだろう？」

「……はぁい」

穏やかに諭されたアオは、口をとがらせてしょげてしまった。けれど、それはほんの一瞬のことで、視線を再びあげたアオは、やはりニコニコと明るく笑って言った。

「じゃ、ぜーんぶ教えてあげるね！　どうして瑞希ちゃんに、ソウスケのカルボナーラを食べさせたかったのか、そして実験ってなにか……ボクが瑞希ちゃんの前に、現れた意味をっ」

それはとても遠い過去のようでいて、瑞希のなかではいつまでも瑞々しい、ノートの端に走り書きしたような淡い記憶だった。

彼女が中洲の街で水商売に足を踏み入れたのは、一〇代が終わるころ。

今では、お客に楽しい気分でお酒を飲んでもらいたいという、一人前のプロ意識を持っている瑞希だが、駆け出しの中洲女だったころの彼女にとって、水商売は、ときどきお触りされることを我慢できさえすれば、好きなお酒を飲んでお客の相手をして、楽に稼げる仕事でしかなかった。

指名が入ることは滅多になかったが、そんなころでも唯一、瑞希を指名してくれるお客がいた。それが、颯介だった。

瑞希のいた店に彼が顔を出したのは、友人とのつき合いだったらしいが、それからも機会があればときどきおり顔を出してくれて、会話を楽しみながらふたりでゆるゆるとお酒を飲んだ。

当然、颯介がお触りなどすることもなく、お客を楽しませる立場の瑞希が、いつのまにか、逆に颯介との時間を楽しんでいた。

すこしずつ、颯介に惹かれていく自分に気づきながら、客商売でそんな気持ちを持つのは、ただの錯覚だ……と、瑞希が自分に言い聞かせはじめたころだった。

颯介が結婚して、県外に引っ越すために、もう店には来れなくなると聞いたのは。

彼が、洋食店の雇われ店長をしていること。

血液型はO型で、とても気さくな性格だということ。

休日には、よくヤフオクドームにソフトバンクホークスの試合を観戦にいくこと。

いつか、ゴールデンレトリバーを飼いたいと思っていること。

颯介のいろいろなことを知って、なんとなく距離が近づいていると思っていた瑞希には、その報せは存外に、ショックを与えられるものだった。

それこそ、錯覚なのだ。

出逢った場所が場所なだけに、ほんの泡沫《うたかた》の夢でも見ていたのだ、と、若かった瑞希はその想いを胸の底に閉じ込めてしまった。

そして、たった一度。

福岡を離れてしまう前にと、颯介は瑞希を、自分の店に招待してくれた。

閉店を迎えたあと、瑞希ひとりの貸しきりの店内。ヨーロッパあたりの民家を思わせるようなカントリー風の室内に、オレンジ色の灯りが点っていて、その雰囲気はまるで颯介の人柄を表しているように思えた。

そのときに、『店でいちばん人気のメニュー』だと彼が作ってくれたのが、カルボナーラだった。

初めて食べたわけではなかったが、まるで生まれて初めて食べたもののように、颯介のカルボナーラは瑞希の心に深く印象を残した。よそで食べたものよりもクリーム色が濃く、そして、味わいも深みがある。

思わず感激しながら舌鼓を打つ瑞希に、颯介は告げた。

どうしても瑞希には、食べておいてほしかった、と。

なぜかと問うと、実はすこし、瑞希に惹かれていたのだと颯介は言った。

『きみは客商売やし、仕事しようだけやのにね……俺、バカやろー？』

苦笑いをした颯介に、瑞希は動揺した。

本当にバカだ、結婚してしまうくせに。そんなことを伝えても、どうせ福岡からいなくなってしまうくせに。

そんな気持ちとないまぜに、沸きあがってくる喜びもある。

自分だけではなかった。颯介も同じように、泡沫《うたかた》の夢を見ていた——そんな喜びだ。

とはいえ、彼の見つけた幸せを壊すことは本意ではないし、今さら自分も同じ気持ちなのだと伝えたところで、どうしようもない。

胸のうちの葛藤《かっとう》を颯介に知られないように、瑞希はひたすら、店で見せているよりも綺麗な作り笑顔を、颯介に返していた。

もし、彼が自分を思い出すことがあったとき、とびきり綺麗な笑顔を思い浮かべてもらえるように——。

「あれから、瑞希ちゃんはずうっと、いろんなところでカルボナーラを食べてきたんだよねー?」

瑞希に了承を得てアオが明かしてくれたのは、彼女が大切にしている過去の思い出だ。

それを聞いても良かったのか、浩平にはその答えは出せなかったが、瑞希がそんな純粋な想いを抱えていることは、こうして聞かないと知り得なかったことだ。

「うん……あの日食べたカルボナーラは、宮崎の醤油を隠し味に使ってあるって、颯介は言いよった」

「カルボナーラの隠し味に、醤油……ぼくにはぜったい、思いつかん発想ですね」

息をつきながら言った瑞希に、浩平は肩をすくめる。

「なごみんのカルボナーラは、あの日のにすごい近くて……でも、ちょっと違っとって……」

「でも瑞希さん、醤油が足らんって知っとったんですよね? じゃあなんで、それをリクエストせんかったんですか?」

「自分から、ほじくり返すことはないかなって」

その言葉から窺えるのは、彼女なりの強がりだったのかもしれない。

大切で——大切すぎるからこそ、その中心には触れられずに、でもその思い出を捨て去ることもできない。

「もーう、瑞希ちゃんってば、ほーんと天の邪鬼だよねえ！　だからこそ、ボクが生まれたんだけどぉ」

その裏腹さはまるで、天の邪鬼そのものだ。

「アオちゃん……きみが生まれたとは、颯介のお店に行った、最初で最後のあの日？」

瑞希は、いつもより落ちついた調子でアオに訊ねた。

「うん、そうだよー。そして、瑞希ちゃんの前に現れたのは、新しいボクになりたいからだよ」

「新しい、ボク？」

眉間に力を入れた瑞希にうなずいて、アオはなごみに目をやる。

「ね、お姉ちゃん。きっとここの狐さんも、ボクと同じような感じだと思うんだけど……違う？」

唐突に話を振られて、返事に困ったなごみはコンを見る。

仕方がないというふうに微笑んだコンは、足を組みながらアオに答えた。

「おまえさんの実験ってやつと、オレの役目とは重圧が違う。そう軽く見ないでほしいものだね」

「えー、そうかなあ？　だって、良いことをすれば、スキルアップするんでしょー？　同じだよぉ」

「スキルとかなんとか……その考え方が軽いんだと、オレは言っているんだがねえ」

不思議な存在どうし、その存在意義は通じるものがあるらしい。

ふたりの顔を交互に見ながら、浩平は訊ねた。

「それで、アオくんの実験は成功したんですか？」

その言葉で、コンとアオは互いに顔を見合わせる。

「それは瑞希に確かめるしかないねえ」

「成功してたら、瑞希ちゃんが素直になってるはずなんだけどー」

一斉に、全員が瑞希を見た。

「――えっ、瑞希さん、ど、どうしたとですか⁉」

彼女の顔を見て、浩平は慌てて声をかける。静かだった彼女の目に、涙が浮かんでいたからだ。

「やっ、もう！　こげんときにみんなしてうちば見らんでよっ」

急いでハンドバッグから取り出したハンカチで、瑞希は目元を覆う。

そして、小さな声でこぼした。

「………こげん引きずるくらいやったら、あんときにちゃんと、ダメもとでも伝えとけば良かった。颯介に」

涙声でつぶやく瑞希は、いつもの明るい彼女とは違って幼い少女みたいだ。

彼女のつぶやきを聞いたアオは、椅子から飛び降りて、瑞希の隣の席にピョンと飛び乗った。

「ほら、天の邪鬼は損するって気づいたねー。瑞希ちゃん、良い子良い子ー」

こどもの姿のアオに頭を撫でられる、大人の瑞希の姿は滑稽《こっけい》で、それでもなぜか微笑ましい光景だ。

「瑞希ちゃん、ボクはね、素直な瑞希ちゃんが好きだよ」

「……素直ばっかりでもおられんやん。大人やったら、いろいろ考える」

「うん。でももう、大丈夫でしょ？　次は」

ハンカチをずらした瑞希は、アオをちらりと見る。ニッコリしているアオに、瑞希は「そうね、ありがと」と素っ気なく、でも照れくさそうに答えた。

＊＊＊

『今度はねえ、ボク、みんなに好かれる鬼になりたいんだ！』

結局最後まで、掴めそうでいてフワフワとはぐらかされたような感覚。

その言動が、天の邪鬼のいわれなのかと実感していた閉店間際、アオが残した言葉を思い返している浩平に、コンが声をかけた。

「おまえさんも気をつけないとなあ、浩平」

「気をつけるって……なにをですか？」

「おまえさんも、いつ生まれたっておかしくはないだろう？　天の邪鬼」

厨房の後かたづけをしていたなごみが、動きをとめて浩平を見あげた。

「気になっとったんやけど……浩平、アンタの味覚、いつからおかしい？」

「気になったとはいえ、オブラートに包みもせん聞き方するとですね、なごみさん」

「回りくどいのは面倒くさい」

「そ、それは――」

この流れで、まさか自分の過去に触れることになるとは思わず、浩平は口ごもる。

言いにくそうな浩平に気づいたのか、コンが助け船を出すように言った。

「なごみ、今日は鬼の子騒動でくたびれた。浩平のことは、まあ焦らなくてもいいさ。ゆっくりじっくり、時間をかけてほぐしてやろうじゃないか」

妖艶なコンの微笑みに、一瞬別の意味が窺い知れた気がしたことに、浩平はそっと蓋をした。

カルボナーラに、ちょっと甘口な九州醤油が香る金曜日。この日浩平が見たものは、キラキラした思い出と、ほろ苦い過去。

そして、実は心やさしい鬼の子が、ほんのすこし大人に成長して、みんなに好かれる無《む》邪鬼《じゃき》になった姿だった。

『実験は大成功！　ありがとう、お姉ちゃんっ』

満面の明るい笑顔を、なごみに残して。

四夜・お節介な餃子奉行

『おまえさん――今、名を……』

『？　だって、アンタ名前がないって言いよったし。かわいそう』

『ぜんぜん、まったく！　微塵《みじん》もかわいそうなことはない！』

『でも、名前があったほうが呼びやすい』

『それにしても、おまえさんの名づけセンスは……』

『だって、アンタが着とう着物の色、紺色《こんいろ》』

『色って、おまえさん』

『あと、狐って〝コンコン〟って鳴くっちゃろう？』

『な、鳴き声………!?』

『やけん、今日からアンタのこと、〝コン〟って呼ぶ！』

あの日、コンが〝コン〟という名を貰うまで、彼はずっとひとりだった。もちろん人間たちと同じように、親や兄弟、姉妹もいる。かかわりあう存在がいるからこその、『ひとり』だったのかもしれない。

コンには、あのころからずっと、なによりも自分を認めてほしいと望む存在がいた。なごみから名を受けたあの日、それまでとはほんの少し、自分の立場が変化したあの日──なにかが変わるのではないかと期待もした。

彼女のなかでいつまでも、落ちこぼれだとされている自身を、なによりも認めてほしかった。ちゃんと、彼女の息子なのだと。

＊＊＊

初夏。

那珂川から吹きあげてくる風が、どこか肌に馴染むような湿度を帯びてきたころ。

「この季節になると、必ず思い出すねえ」

愁《うれ》いをはらんだ声を出して、コンが気だるそうにカウンターに頬杖をつく姿が、多く見られるようになった。

「思い出すって、なにをですか、コンさん」

「あどけなかったなごみが、なんの悪意もなくオレの主に君臨した日さ」

「く、君臨、ですか？」

詳しくは知らないが、コンの世界にはなにかのシステムが存在して、そのシステムがどうにかなってなごみがコンの主になったらしいことは、先日、浩平も教わった。

大きく深いため息をつくコンの前、厨房では、なごみがケロリとした顔をして返した。

「わたしはなんも聞かされてなかった。文句なら、祖父に言って」

「じい様にオレの頭があがらないこと、なごみだって知っているだろう」

「じゃあもう、この話はきりがないけん、終了」

そう言いきられて、さすがのコンもぐっと押し黙る。

なにか、ふたりのあいだには説明しがたい確執でもあるらしい。そう感じた浩平は、様子を確かめるようにおずおずと訊ねた。

「あのー、差し支えなければ、どうやって主従関係が成立したとか、知りたいなーって思うんですけど……」

視線の先で、思いっきり顔を歪めながらも、コンは浩平に答えた。

「名前だよ」

「名前？」

「前に、オレが野狐だったたって話は、おまえさんにもしたよなあ？」

「はい、アオくんのときに」

「オレのように、野良だったりする獣のあやかしには、名前がないことが通例……狸とか、イタチとかだな。ああ、そうだ。猫又のことを覚えているかい？」

「ミーさんですね」

「あの猫は、聡美《さとみ》に名を貰っていたから、その時点から主従関係が結ばれていたって仕組みさ」

「あっ、そういえばコンさん、初対面のときに言っとったですよね！　主が決めた名前やって」

ほんのささいなやりとりだと聞き流していたことだ。それを思い出して、浩平はカウンターに身を乗り出した。

「そう。なごみから不名誉な名を受けたあの日から、じい様だけじゃなく、なごみにまで縛られる羽目になったってわけさ」

よほど腑に落ちていない部分があるらしいことは、コンのその口ぶりからもひしひしと伝わってくる。

あまり興味本意に探っても失礼な気がして、浩平はそっと体を引いた。

「……なんか、コンさんの言い方からやと、むっちゃ怖そうなお祖父さんな気がしますね」

姿勢を正しながら隣を見ると、浩平を見あげたなごみがあっさりと答えた。

「初見の印象が気に入られれば、たいがい平気」

「しょ、初見ですか?」

「浩平なら大丈夫やろ……たぶん」

「いやそこ、もうすこし自信持って言ってくださいよ。って、ぼくはまだお祖父さんには会ったことないし、あんまりこん店に来ることはなかとでしょう?」

そんな話をしているさなか、コンが突然、勢いよく立ちあがった。

「——冗談だろう?」

どこか、獣が全身の毛を逆立てているさまを思わせるそぶりで、コンは那珂川通りを行き来する人波に目を凝らす。

なにが起きたのか訊ねようとした矢先、隣で「あ……」と、なごみがなにかに気づいたようにつぶやいた。

コンと同じように通りを見つめるなごみにつられて、浩平もその方向に目を向けた。

その先に見えたのは、なんとも気さくそうな杖をついた老人の姿だった。

「なごみー、やっとるかー」

いったいなんのために持っているのか、右手に持った杖を高らかに振りあげながら、男性はなごみ亭にいそいそと歩んでくる。

「なごみさん、知り合いですか？」

「あれ、わたしの祖父」

「えっ、祖父⁉」

なごみと男性の顔を交互に見比べながら、浩平は驚きの声をあげた。

ふたりの話から、どんな豪傑なお祖父さんなのかと浩平は想像していたが、そのイメージは、あっさりと覆《くつがえ》されてしまったからだ。

やわらかそうな人柄を醸《かも》している外見。頭は全体が白髪の小柄なお祖父さんの召し物は、ブラウンの和装だ。

もと屋台の店主だとは、とても想像がつかない。

そっとコンを盗み見ると、なぜか石膏《せっこう》像のように固まっている。

「いやいやー、今晩は蒸すもんやけん、歩いてくるとにおうじょうしたばい」

なごみ亭の暖簾をくぐり、正面中央の椅子に腰を降ろした彼は、胸元から取り出した扇子でパタパタとあおぎながら笑った。

「どうしたと、めずらしく顔とか出して」

「そげん冷たか言い方しなさんな。たまには、かわいか孫の仕事姿ば見にきたってよかろうもん」

なごみとのやりとりをじっと見つめていた浩平に、彼は視線を流した。

「きみやな、新しい従業員ってのは」

「あっ、はい！ 初めまして、木戸浩平っていいます！」

「浩平くんか、よろしくな。わしはなごみの祖父で、史朗《しろう》ばい」

朗らかに笑って返した史朗に、初見はなんとかうまくいったのかと、浩平は胸を撫でおろす。

史朗はコンに視線を移して、呆れたように声をかけた。

「なんやコン、いつまで固まっとうつもりね」

「か、固まってなどいないさ！ 問題ないっ」

史朗のなにがコンをそうさせているのか、初めて目にするぎこちないコンに、浩平は首を傾げた。

「それで、なんか食べて帰ると？ お祖父ちゃん」

「ああ、そうやなあ……ひさしぶりに、なごみが作る餃子が食べたかねえ」

「餃子ね」

「鉄なべで頼むばい、鉄なべ！」

なごみはうなずくと、そのまま料理を始めた。

いつもなら、間を持たせるようにコンが話し相手になったりするところだが、今日の彼には、どうやらそんな余裕はなさそうだ。

先に聞いていたほど、恐ろしい人物にも感じられないし……と、浩平は思いきって史朗に訊ねた。

「あの、以前こん屋台は、史朗さんが経営しよったって聞いたんですけど、なんで引退したとですか？」

「人間、引き際は大事にせんといかんと、浩平くんは思わんか？」

「引き際、ですか」

「わしも、寄る年波には逆らえんでねえ。腰やら膝やらあちこち痛いし、なにより、無理してもいい料理は出せんと思ってね。お客を満足させられん料理は、出しても意味がなかろう？」

なるほど、なごみが料理に真摯《しんし》な姿勢でいるのは、この祖父譲りなのかもしれない。

そんなふうに思いながら、浩平はうなずく。

「わしが引退ば決めたとき、本当はこん屋台も、いっしょに無くなるところやったとやけどな」

「そうだったんですか⁉」

「浩平くんは知っとるね？　昔は屋台も、四〇〇店舗以上やっとったのが、今では半数ほどに減っとうとよ。市の条例がいろいろと変わったこともやけど……屋台は代々受け継ぐことができきんけんね」

「え、それどういうことなんですか？」

「屋台の後継は、血縁に、原則一代限りやけんな」

「えらい厳しかとですね！」

驚く浩平に、史朗は続けた。

史朗の息子――なごみの父はあまり料理には興味もなく、なごみのように料理を仕事にはしていない。

なごみはなごみで、コックという本業があるし、後継はあまり希望を持てない。

史朗が引退を決めたとき、いっしょに屋台も閉めることをなんとなく覚悟していたのだと。

話を聞いていると、史朗は心から料理が好きな、とても実直な人にしか思えない。

いったいなぜ、頭があがらないと言うほど、この人に怯えているのだろうか……と、浩平はコンの顔を見た。

「今のオレは空気だ、浩平。頼むから注目しないでおくれ……気づかれてしまう」

「気づかれるって、コンさん、なんのことですか」

そのとき、初夏のものとは思えない冷気が、浩平の背筋をゾクリとさせた。

「――うわ、なん⁉」

背後を確認するがなにもない。なごみは、なにごともなかったように料理に没頭している。

気のせいか、と再び首を捻った浩平の耳元で、ヒヤリとした声が響いた。

「うちの子が不甲斐ないばかりに、ごめんなさいね」

「ふえっ⁉」

突然間近に聞こえた声音に驚き、浩平は声を裏返して飛び退《の》く。

さっきまで浩平がいたその場所には、銀色に輝く長い髪をなびかせた、とても綺麗な女性が立っていた。

透き通るような白い肌に、白地に藤色の百合が刺繍《ししゅう》された着物がよく映える。

整った顔立ちは、どこか、コンとよく似ているように見えた。

「え……っと、ど、どなたさん、ですか？」

いつのまにか、気配もなく厨房にいる浩平の隣に立っていた女性。

明らかに、人間とは思えない。

ビクついている浩平の視線が、コンとぶつかった。

「すまないね、浩平。それは、オレの……だ」

言いにくそうにもぞもぞと口を動かしているせいで、肝心な部分が聞き取れない。そのとき、女性が優雅にお辞儀をしてきた。

「コンの母、そしてそこの史朗さまのお社《やしろ》の守神《もりがみ》を言い遣っております、時雨《しぐれ》と申します。木戸さま、以後よろしゅうに」

「こ、コンさんの、お母さん!?」

意外すぎるその正体に、浩平は大きな声を出してしまった。

「いい名やろう？　浩平くん。時雨とは雨の日に出会ってな、そこから名をとったとばい」

明るい声で時雨の名前の由来を教えてくれた史朗に、懸命に頭を整理しながら浩平は返した。

「史朗さんが名づけたってことは、時雨さんの主ってことですか？」

「そうたいそうたい！　浩平くん、よく知っとうやんね」

今しがたコンたちとしていた話が、こうもすぐ役に立つとは浩平も思っていなかった。

コンは大丈夫なのだろうかと、ふと目を向けると、時雨がいつのまにかコンのそばまで移動していた。

そしてコンは、時雨とは一切視線を合わせないように顔を背けている。

――あれ？　コンさん、もしかして？

コンの様子から、浩平の胸中になんとなく過る。

「史朗さん……あのふたり、仲が悪かったりしますか」

こっそりと訊ねた浩平に、渋い顔をした史朗がうなずいた。

「親子って言っても、わしら人間とはちっとばかし違うらしくてなあ。時雨はコンの顔を見れば――」

と、史朗が答えている途中だった。

「さっ、寒!!」

時雨の登場のとき、浩平が背筋に感じた冷気が、今度は屋台全体に広がってきた。

この空間だけが真冬に――いや、氷点下のロシアくらいに寒いのかもしれない。

「史朗さん、これは、時雨さんが……？」

「……すまんな、アレは頭に血がのぼると、周りが見えんごとなるけん」

「いやいや、こ、凍りますっ！」

この状態だ。さすがのなごみも調理の手をとめて、時雨を見ている。

次いで時雨に向けた浩平の目には、頭に耳を立てて、髪と同じで艶のいい、銀色の毛並みをした尻尾を振っている姿が見える。彼女の周りには、青とも紫ともつかない色合いの炎がいくつか浮かんでいた。

「時雨のやつ、狐火《きつねび》まで出してから……」

寒さに耐えながら、史朗がつぶやく。

姿かたちは狐。だが、さながら雪女でも現れたようだと、あまりの寒さに噛み合わない歯をカチカチと打ち合わせながら、浩平は思う。

「……コン」

ついさっき挨拶を交わしたときの、時雨のしとやかな声色は、地を這うような低音に変わっている。

「そうやってすぐに、力でねじ伏せようとなさる。そんなところが、オレはいつまでも好きにはなれないんだけどねえ、母上……これだから貴女《あなた》には会いたくないんだよ」

さっきコンが言っていた、『気づかれてしまう』というのは時雨のことだったのかと、体の熱が逃げないように両腕を抱えながら、浩平はコンを見つめる。

「この怒り、いつになればおまえは理解できるのかい？」

「母上の怒りを理解？　そんなもの、期待されても困るねえ。オレは貴女ではないのだから、母上の気持ちなど分かるはずもな――」

いつもの調子で応戦しているコンだったが、言葉が終わるのを待たずに、時雨の手がコンの喉元をガシリと掴んだ。

「そのような言葉など、我は望んでいない。コンよ、いつまでも神使にもなれぬ息子など、この母の最大の恥だと、いつになればおまえには分かる?」

長く伸びた時雨の爪が、陶器のようになめらかなコンの喉に食い込むさまは、はた目に見ている浩平も顔を歪めてしまうほどだ。

前にコンが神さまの世界について愚痴を言っていたが、理由のひとつがこれならば、彼の気持ちもなんとなく理解できる。

親子でも、格の違いはこれほどまでになるのだ。

「……お祖父ちゃん」

苦しげに眉を寄せるコンを見かねて、なごみは訴えるようなまなざしを史朗に向けた。

「やれやれ、手がかかることやな」

はあ、と深く吐き出された史朗の息が、すぐに白い気体と化す。

そうして、彼が両手を胸元まであげたかと思うと、

「――そこまでにしときなさい、時雨!」

それまでとは別人のように威厳に満ちた声と、パンと打ち合わせた手のひらの音が、屋台のなかに響いた。

たったそれだけのこと。

なのに、時雨は一瞬で落ちつきを取り戻し、極寒の空気もピタリと治まった。

「申しわけございません、史朗さま。少々取り乱してしまいました」

「時雨」

頭をさげる時雨に、史朗は自分の頭のうえを指し示す。

「変化《へんげ》が一部解けとうやないか。おまえもまだまだやな」

ハッとしたように、時雨は頭に飛び出た耳を触り、「申しわけございません」と再び頭をさげた。

「おまえたちの世界のしきたりもあるやろうが、我が子を蔑《ないがし》ろにする時雨の姿、わしは好まんと、何度言えば分かってもらえるんやろうか？」

「それは……」

「分かるか、時雨？　今、わしが口にした言葉は、おまえがコンに向けた言葉と同等やぞ」

穏やかさを取り戻した時雨に、史朗はにんまりと微笑みを返す。

たしかさっき、時雨は『お社の守神』だと言っていた。

それがどういう役目なのかは浩平には分からないが、彼女にはおそらく、なにか神さま的な仕事を任されているのだろうと思う。

「いくら血を分けた肉親でも、自分の気持ちを理解しろと押しつける姿は、実に滑稽やと思わんか？　なあ、時雨よ」

その神さまに史朗は、さっきまでの様子からは想像がつかない、射るような視線を向ける。

浩平の胸中で、ストンとなにかが繋がった。

神さまの縦社会を嫌いだと言っていたコン。嫌っている理由は、コンの立場を卑下する仲間や時雨のせいなのだろう。

その時雨を難なく諌《いさ》めてしまうから、コンは史朗には頭があがらないのだ。

浩平は無意識に、コンの顔をまじまじと見つめた。

「……くだらないだろう？」

視線に気づいたコンは、浩平に苦笑いを返す。

その彼の首元には、時雨の爪痕が赤く浮かびあがっていて、見た目にも痛々しい。

いつも飄々《ひょうひょう》としているコンが、こんなしがらみを抱えていたとは思わなかった。言葉をかけることも躊躇《ためら》われた浩平は、首を小さく横に振ることしかできなかった。

＊＊＊

博多リバレイン、博多座からキャナルシティ博多までを繋ぐ商店街、川端《かわばた》商店街の途中を折れて冷泉《れいせん》町に足を向けると、途中に冷泉公園があり、その程近くに浩平が暮らしている家がある。

「いや、まったく意味が分からんし……」

コンの親子騒動があった翌日、昼近くに目覚めた浩平は、がく然としながらつぶやいた。

目覚めた浩平はなぜか床のうえに寝ていた。起きあがってベッドを確認すると、

「おまえさんの寝床は、なかなか心地好いものだな、浩平」

そこを占領して満足そうに微笑む、コンがいた。

寸前まで床に寝ていたものだから、背中がギシギシと軋む。

「なんしようとですかコンさん！　そこ、ぼくんベッド!!」

叱るポイントがちょっとずれている気がしないでもなかったが、浩平はとにかく憤慨する。

「まあ、そう怒るな。なにもただ、遊びにきたってわけでもないさ。おまえさんに会う必

要があったから、金曜でもない今日、オレが姿を現せたんだよ」

普段は姿を出せないという意味を含ませた、コンの言葉が気にかかりながらも、わざわざ自分に会いにきたことのほうが引っかかり、浩平は訊ねた。

「なんですか、会う必要って？」

「いろいろと片付けなけりゃあ、おまえさんの味覚も治せないらしくてねえ」

怠《だる》そうに息をついたコンは、あぐらをかいた膝に、しなやかに頬杖をついた。

「……なんですか、前触れもなしにぼくの味覚のことやら言い出して」

「そうだねえ、今おまえさんに教えてやれることは、今回のお客は骨が折れる相手だってことさ」

「お客って、ぼくんとこに来たとは屋台絡みですか？」

「オレとしては、いつだっておまえさんのそばに侍《はべ》っていたいものなんだけどねえ」

「……今、その気持ち悪い冗談は必要ですかね？」

「相変わらず、この方向にはつれないねえ」

からからと笑い声をあげたコンは、ふと自分の喉元を撫でる。

昨夜、赤々と残っていた時雨の爪痕は、ほとんど目立たない。

もしかすると、コンの治癒力は人間にくらべ桁《けた》外れに高いのかもしれないと、浩平は目を凝らす。

「まあ本題に入ると、昨日なごみのじい様が店に来たのは、母上とオレを対面させることが目的だったらしくてね」

「対面って……昨日みたいないざこざが起こることも分かっとううえで、ですか？」

「おまえさんは知らないだろうけど、あのじい様は存外にくせ者なんだよ、浩平」

「やけど、それでもなんで？」

コンが言うほど、おかしな人にも見えなかった史朗の顔を、浩平は脳裏に浮かべる。

「……神使の見習いの見習いっていうオレの立場を、だれよりも認めていないのは母上だからさ」

そのひとことを口にするとき、コンの顔が翳《かげ》ったように見えた。

「じゃあ史朗さんは、コンさんたちを和解させようとしたとですか？」

「そうだろうねえ。母上が一筋縄ではいかないことを知っていて、わざわざ店にまで顔を出したあたり、じい様も本気で挑んだのか——って、考えていた矢先に、今日こんなものが届いてね」

コンは、いつのまにか手にしていた封筒を人さし指と中指に挟んで、顔の横に掲げた。

「手紙、ですか？」

「嘆願書。じい様からさ」

「た、たんがんしょ？」

詳しく話を聞けば、その手紙はコンが友だちのように〝ウカ〟と呼んでいる、稲荷の偉い神さまの使いから届けられたという。

「なんで史朗さんの手紙が、神さんから……？」

「これは、なごみ亭が金曜にしか営業しない理由に通ずるんだがねえ……主はなごみだけれど、オレは一応ウカの管理下にいる見習いの見習い。そのウカが、金曜だけ、オレが人間の世界に紛れ込むことを許してくれているんだよ。その一日を使って、徳を積む——要するに一日一膳で、たくさん良いことが積み重なったら神使に位あげしてあげるよーって感じだね」

「ああ、そっか。その神さんとの約束があるから、特別に土曜の今日、コンさんが姿を現せるようにって、史朗さんはわざわざ嘆願書を送ったとですか」

「そういうことさ。じい様が神さんに直接会うことは叶わないだろう？　そこでたぶん、母上にこの手紙を預けて、そこからウカ、そして神使からオレに……ってとこだろうねえ」

コンは軽い口調で言っているけれど、内容はけっこう重い。

「……ややこしい感じなんですね、神さんの世界って」

「だから言ったろう？　どこの世も、生きにくいってね。そういうわけだ浩平、出発の準備をしてくれないかい」

そういうわけとはどういうわけか、と、つっこみを入れそうになるのをこらえて、浩平は目を細めて訊ねる。

「なんですか？　出発って」

「神さんに嘆願してまでの、じい様からの呼び出しさ」

「呼び出し……」

こうしてわざわざ迎えに来たのは、史朗の手紙でいっしょに呼び出されたからだろう。コンだけならともかく、なぜ自分まで？

浩平は疑問に思ったが、それはもうすでに決定事項で、拒否権がなさそうなことはコンの気配からひしひしと伝わる。

「まあ、そんなに怯える必要はないよ。なにも、取って食いやしないだろうさ」

悠長なコンの微笑みを前に、昨夜の時雨の一件を思い出す。

「コンさん……それ、まったく説得力ないっす」

「おや、そうかい？」

「ぼくんなかでは、『神さん怖ええ!』って印象ですよ……」

「逆に幸運じゃないかい、おまえさん。間近であやかしだのなんだの、見ることができる人間のほうが少ないんだよ?」

なんの毒気もなくニッコリと微笑まれてしまい、浩平にはもう、返す言葉はなかった。

＊＊＊

一五分ほどで支度をして、アナログな徒歩で移動してきた博多区春吉《はるよし》。

那珂川の左岸、住吉通りに面するあたりには、博多の台所とも言われている柳橋連合市《やなぎばしれんごういち》場《ば》があることでも有名だ。

目的の場所である史朗の邸宅は、春吉の大通りから入り込んだ一画に、ひっそりと、立派に佇んでいる日本家屋だった。

「コンさん。その気になれば、指パチンで移動できたっちゃないですか?」

「せっかくのふたりきりの逢瀬《おうせ》を、一瞬で終わらせるほど風情のないことはない……とは、おまえさんは思わないかい?」

「逢瀬って……この陽射しのしたでのその冗談は、かなり迷惑なんですけど」

初夏にしては強すぎる陽射しのせいで、玉になった汗が首筋をたどっていく。不快に感じた浩平は、タオルでグイッと拭う。

暑さのせいでげんなりとしている浩平を、クックックッと笑いながら見おろすと、コンは目の前の門をくぐっていく。

「おや、まんざら冗談ってわけでもなかったんだけどねえ？　まあ、そこまで言い返す元気があるのなら、じい様たちを前にしても平気だな。それじゃあ浩平、行くかい」

いつもの冗談に見せかけて、実は気を遣ってくれたんやろうか……？　先に歩いていくコンの背中を眺めながら、浩平はそんなことを考えた。

浩平のなかで、コンの株がほんのすこしあがった。


「今日は突然呼び出してから、悪かったね浩平くん。コンも、ごくろうさん」

玄関先でふたりを出迎えた史朗は、やわらかい微笑みを携えていた。

「い、いえ！　お招きくださって、ありがとうございます」

「まあ、あがりんしゃい。なごみも先に到着しとうばい」

——当然といえばそうやけど、なごみさんまで……ということは、屋台メンバーが真っ昼間から顔を揃えることになるっちゃな。

と、やや緊張しながら、浩平は史朗とコンのあとについていく。

襖を開けた先、杉の一枚板であつらえてある座卓には、背筋を伸ばして正座しているなごみの姿があった。

「……遅い」

コンの顔を見るなり眉をひそめたなごみは、ひとこと放つ。

「これでも急ぎ足で来たんだけどねえ。なあ、浩平？」

「急ぎ足……」

浩平は道中を振り返ってみたが、まったくもって急いだ場面はなかった。

けれども、ここは同意しておいたほうが良さそうな気がして、なんとなく適当に相づちを打っておく。

「なごみさん、今日はコックさんのほうの仕事は？」

「公休」

「たしか、金曜の定休以外は、バラバラなんですっけ？」

うなずいたなごみの隣に、浩平は腰を降ろす。その横にコンも座った。

「あれ……？」

てっきり、もうひとりいるものだとばかり思っていた浩平は、周囲をキョロキョロと見回す。

「時雨を探しよるとね」

史朗が対面の座椅子に腰掛けながら、浩平に問いかける。

「は、はい。また昨日みたいなことが起きたら、どうしようって……」

「正直な若者やねえ」

明るく笑いとばされて、浩平はなんとなく「すみません」と謝った。

「いや、わしも昨日の時雨にはくたびれたけん、仕置きに今日は社におるごと言ったった い。さすがに、今日まで食いっぱぐれはしたくなかけんな!」

昨夜、鉄なべ餃子を注文した史朗だったが、時雨を宥《なだ》めたそのあと、すぐに帰ってしまったのだ。

「……食べれんかったって、それ、お祖父ちゃんが勝手に帰っただけやん。わたしはちゃんと作った」

「食事に集中できそうな心境じゃなかったけんなあ。だが、食べもんには罪はないんやけん、手つかずはいかんやった。悪かったね、なごみ」

餃子も食べたかったのかもしれないが、コンが迎えに来たときに言っていたように、史朗の目的は、時雨とコンを会わせることだったのだろう。

「そういえば史朗さん、ぼく、昨日から気になりようことがあって……聞いてもよかですか？」

訊ねる浩平を、史朗が促すように見る。

「さっき言いよった、『お社《やしろ》』ってなんですか？」

なごみもコンも、浩平の質問で初めて説明していなかったことに気づいたのか、視線を交わす。

「社ってのはな、この家の敷地に先祖代々祀《まつ》られてきた、稲荷のことたい」

「先祖代々、ですか」

「わしら椎葉の家系は、もとが商家やけんな。商いに携わるもんが稲荷を祀ることを、きみは聞いたことがなかかね？」

「……なんとなく、イメージですけど……お狐さんって、お金に縁がありそうですね」

ちらりと隣に目を向けると、のんびりとかまえていたコンが、浩平を見ながらふと微笑む。

「オレが神使に位あげされた暁には、おまえさんに贅沢させてやろうかねえ、浩平」

浩平のイメージは、まったく外れでもない。

コンの答えは、おそらくそういうことだろうと思いつつ、浩平は苦笑いで返す。

「コンさんからその施しば受けたら、なんかものすごい代償とられそうですよね……」

「おまえさんのなかのオレは、どんな悪どいイメージなんだい」

浩平の言葉に、コンは心底おかしそうに笑う。ふたりのやりとりを眺めていたなごみが、切り替えるように史朗に問いかけた。

「それでお祖父ちゃん、なんでわざわざ、ここにわたしたちを集めたと」

週休二日、そのうち一日は屋台に費やす、あってないような休日だ。残った一日の貴重な休日を史朗に奪われたせいなのか、彼女はどこかふてくされたような声色だ。

なごみの心境に気づいているのか、史朗はわざとらしく満面の笑みを浮かべながら言った。

「なごみ、じいちゃんは昨日食べそこなった餃子ば、どうしても今日食べたかったい」

「餃子!?」

史朗の答えは丸きり予想外だったのか、なごみはめずらしく驚いた顔をする。

「本当やったら鉄なべで……と言いたかとこやけど、今日は仕方がなか。ホットプレートば準備しとうけん、餃子パーティするばい!」

昨夜はあちこち身体が痛い、というようなことを言っていた気がするが、浩平から見れば、じゅうぶんすぎるほどパワフルな老人に思える。

「じい様、とうとう耄碌《もうろく》したかい?」

「せからしかぞ、コン！　のんびりしとる場合じゃなか。おまえもしっかり手伝ってもらうけんな！」

どうやら史朗は、ここにいる全員で、一から餃子を作る気でいるようだ。

「……いつもこうなんですか、史朗さん」

コンを引き連れて準備に向かった史朗。その背中が退室していくのを見届けて、浩平はなごみに訊ねる。

「思い立ったらやらんと気がすまん人やね、基本」

「それにしても、なんか昨日から、やけに餃子にこだわっとうですよね」

自宅に迎えに来たコンは、史朗のことを「骨が折れるお客」だと言っていた。ということは、ここにきて〝パーティ〟という名目をつけられた餃子は、なごみへの注文の品、ということになるのだろう。

突飛な行動をする身内がいると、心労が絶えそうにないな……と、浩平はこっそり考えた。

「よく、ふたりで食べよった……餃子」

考えこんでいた浩平の隣で、なごみがぽつりとこぼす。

「なごみさんがですか？」

「そう。そのときはわたしじゃなくて、お祖父ちゃんが作ってくれよったけど」

「へえ。ちゃんとあったとですね、なごみさんにも思い出の食べもんが」

「でも、ちょっと煩わしかった。お祖父ちゃんの母……わたしのひい祖母ちゃんに当たる人が、北九州の出身でね。浩平、鉄なべ餃子は知っとうよね」

「もちろん。丸い鉄なべに並べてから焼くアレでしょ？　中洲にも店、ありましたよね」

うなずいたなごみは、真面目な顔をして続けた。

「そのひい祖母ちゃんのせいで、お祖父ちゃんに餃子が絡むと、本気で口うるさいけん」

「口うるさいって……」

なごみの真剣さは、相当の煩《わずら》わしさを感じてきた証拠かもしれない。

彼女の曽祖母の出身地である北九州は、鉄の輸入で栄えた街だ。鉄工所で力仕事をする多くの労働者が、安くてスタミナを摂れるようにと、豊富な鉄材をもとに作られた鉄なべを使って焼いた餃子が、今では中洲や天神にも広まっている、『鉄なべ餃子』の発端とされている。

その曽祖母の家に里帰りすると、必ず本場の鉄なべ餃子を食べていた史朗は、それゆえに餃子にはこだわりがある——鍋奉行ならぬ、餃子奉行なのだとなごみは言った。

「今日はアンタもおるし、たぶんそううるさいことはなかとは思うけど」

話をするだけでも煩わしさを感じたのか、わずかに渋い顔をしながら、なごみは浩平を見た。

「史朗さんの餃子へのこだわりは分かったんですけど……なんでまた、突然こんなことば始めたとでしょうね？」

いくら餃子を食べそこなったからとはいえ、昨日からの流れで、屋台メンバーを全員集めてまで——もっと言えば、なごみとコンはともかく、ほとんど面識のない自分まで招いての餃子パーティの意味が、浩平には理解できない。

「理由は……たぶんふたつ」

つかの間考えるように遠くを見たあと、自身のなかで合点がいったように、なごみは浩平に視線を戻した。

「ふたつ、ですか？」

「そのふたつとも、ただのお節介なだけやけどね」

なごみがそう言ったとき、背後の襖がスラリと開いた。

「出番だよ、なごみ。浩平も、いっしょにおいで」

準備ができたらしいコンが、襖柱《ふすまばしら》に寄りかかりながら呼びかけてくる。

「……これ、ひとつめの理由」

「コンさん、ですか？」

なごみは小さくうなずいたあと、浩平を見あげる。

「わたしが小さいときにもしたことがある。餃子パーティ」

「そうなんですか？」

「そんときも、前日にコンと時雨さんが大ゲンカした」

コンと時雨の確執は、もうずいぶんと昔、自分がコンの主になる前からあったらしいとなごみは言う。

そのときに史朗が企画した餃子パーティでは、コンたちの関係の改善までには至らなかったのだとこぼしながら、なごみはスッと立ちあがった。

「じゃあ、ふたつめは――」

そう訊きながら立ちあがる浩平に、なごみは困ったように息をついた。

「ふたつめは、いやでも分かる。そのうち」

なにがそれほどに、彼女を困らせるのか……とは思っても、この話題を続ける気がなさそうなごみに、それ以上の追求もできそうになかった。

＊＊＊

昼下がりの椎葉邸の台所は、パーティなどの和やかな雰囲気とはほど遠く——、

「絶望的やないか!!」

時雨を叱りつけたときとは比較にならないほどに、厳しい史朗の声が響いていた。

「や、やけん言ったやないですかっ、ぼく不器用なんですってば!」

「不器用、ねえ」

史朗を憤慨させた要因を、コンは浩平の手のひらからすいとつまみあげる。

「……粘土細工?」

「! 餃子ですけど!? れっきとした、餃子っ」

なごみの指導のもと、タネを皮で包んだはず——が、出来上がったものは、強く引っ張りすぎて所々の穴から中身が見えて、ヒダをつけようとしたところはベタリと団子のようになっていた。

たしかに、なごみの言う通りにやったはずなのに……と、彼女の前に整然と並ぶ、まるで売り物のような餃子を眺める。

意気消沈気味の浩平に、とどめを刺すようなコンの笑い声が向けられる。

「案ずるなよ、浩平。おまえさんが作ったものなら、どんな形であれ、オレが美味しくたいらげてやるさ」

「……笑いながら言われてもですね」

「なんだい、不満かい？　この笑みは、おまえさんが可愛いのだから仕方がない」

「可愛いとか言われても、ひとつも嬉しくなかです……」

どんな場面でも、こんな冗談を言って笑っていられるコンは、ある意味すごい存在なのではないかと浩平には思える。

――まあ、あやかしとかなんとかの時点で、すごかレベルはたいがいやけど。などと、浩平は胸中でこっそりつぶやく。

そんなやりとりをしている横からスッと手が伸びてきて、コンの頬をぐいとつまんだ。

「人のことば言えんやろうが、コン！」

細かいしわが刻みこまれた骨ばったその手は、史朗のものだ。

「なにをするんだい、じい様っ」

めずらしく取り乱しながら、史朗の手を振り払ったコンは、つままれた頬をさする。

「浩平くんよりはいくらかマシやが、おまえんとも餃子にはほど遠いやなかか！」

史朗の怒声につられて、浩平はコンの作った餃子を見る。

「――はあっ!?」

コンの前にあるバットのなかを見て、浩平は声をあげずにはいられなかった。

たしかに、餃子のタネを包んでいる皮。だがそれは、思い描く餃子の形とはまったく違っている。

「ちょ、コンさん！　なんですかこれ!?」

「なんだ、おまえさんには伝わらないのかい？　右から順に、鶴、亀、これは牡丹《ぼたん》さ」

「や、飲茶じゃないっちゃけん……ていうか、なんでこげん無駄に器用なんですか！」

「我ながら芸術的な出来映えだと思うねえ。安心しておくれよ、おまえさんにもちゃーんと食べさせてやるからさ、浩平」

浩平の餃子を、コンが〝粘土細工〟と形容した意味が、たった今理解できた。

「またそげんふざけた形のば拵《こしら》えてから……おまえはあのころから、なんの成長もしとらんやないか！　本当は、みっちりと餃子のなんたるかを叩き込んでやりたいとこやが……まあよか。今日はパーティってことで、大目にみてやるたい」

『大目にみてやる』とは言いながらも、史朗の眼光は鋭い。

この騒がしいなか、機械のように黙々と餃子を形成しているなごみは、過去によほど厳しく仕込まれたのだろうか。

「あの、史朗さん」

浩平にはやはり、自分がこの空間にいることが不思議に思えてならない。

考えてみれば、なごみ亭で働きはじめていつのまにか慣れてきていたが、だれかといっしょに食事をしたり、だれかと料理を楽しんだりしたことは、これまであまりなかった。

そんな過去が、まぎれもなく今の浩平を作っているのに――。

「……ぼく、ほかで手伝えること、なかですか？　餃子作るのはやっぱ、ぼくにはまだ高度すぎて」

でも、それと不器用なことは関係はないと、浩平は過去の残像に蓋をした。

窺うように顔を見つめてきた史朗は、隣りあう部屋の卓上を整えるよう、浩平に言った。

台所の隣にある居間は、日本家屋にはそぐわないフローリングの部屋で、室内を彩る小物も洋風なしつらえだ。

テーブルも最初に通された部屋の座卓とはちがい、洋式のテーブルが置かれている。

テーブルの真ん中に抱えてきたホットプレートを置きながら、浩平はキョロキョロと室内を見回してしまう。

「ここだけ、この家のイメージと違うやろう？」

気づけば史朗がうしろに立っていて、浩平はわずかに驚いた。

「あ、な、なんか外国の家みたいやなあって……すみません、ジロジロ見てしまって」

「よかよか。これはな、わしの妻の趣味やったけん」

「てことは、なごみさんのお祖母さん？」

「そうやな。あれは面白い人間でなあ、異国に憧れとって……家全部ば改造するわけにはいかんけん、自分のテリトリーになる台所と居間だけは、好きにさせてもらうって言ってからなあ」

いつも飄々としているコンでさえ、頭があがらないというほどの史朗——その彼に〝面白い〟と言わせるほどの女性だ。きっと、よほどユニークなのだろう。

「史朗さん、さっき、趣味や〝った〟って……」

と、考えたところで浩平は気づいた。

奥さんのことを話すとき、言葉が過去形になっていたことに。

「妻は、去年亡くなったとよ」

「そ、そうやったんですか」

「昨夜きみは、なんで屋台ば辞めたとかって聞いたやろう？」

「はい。史朗さんは、身体がついていかんって……」

「理由はそれやったんやけど、ちょうど店ばどうしようか悩みようときに、妻も入退院ば繰り返しよったったい。完全に決心したとは、そっちの理由が大きかったかもしれんね」

聞いてはいけない部分に触れてしまった気がして、浩平は口をつぐむ。その表情を読み取ったのか、史朗は「話したくなかったら話しとらんよ」と、明るく笑った。

「結果的に、潔く屋台を辞めてよかったと思っとう。妻の最期も見届けてやれたし、なごみも立派に屋台ば切り盛りしてくれとうしな」

「あの……さっき、なごみさんが言ってたんですけど、今日ぼくらがここに集められた理由は、ふたつやろうって」

「なごみは妻に似て、物事の全体がよく見えとうけんなあ。それで、どんな理由やって？」

浩平は、コンのことが理由のひとつだと史朗に打ち明ける。

「今日みたいな餃子パーティを前にもしたことがあるって、さっき聞いたんですけど」

つかの間、動きをとめたあと、史朗は懐かしむように目を細める。

「美味いもんば食ったら、気持ちが落ちつくことが浩平くんにはなかね？」

「そう……かもしれません」

史朗が言っていることはなんとなく分かる気がするが、自分の味覚では自信を持って「そうだ」と言いいきれずに、浩平は言葉を濁した。

「あのころの時雨は、いつもすごか剣幕でコンに当たりよってな。あれは昔から、コンだけはほかんこどもよりも、厳しく育てよったけん」

「なんで、コンさんだけ？」

親心として、出来が悪い子のほうがなにかと気がかりだったのだろうか？　聞くと出生時、コンは瀕死の状態で生まれ、その後もほかの兄弟姉妹たちから、なにかと遅れをとってきたのだという。

「いつものコンさんからは、想像がつきませんね……飄々としとうし」

「やけんこそ、よけい時雨の目に余るっちゃろう」

ほかのこどもたちは順調に位を貰うなか、コンだけがいつまでも見習いの見習いのまま……昨夜、時雨が『最大の恥』だと言った理由がこれだったのかと、浩平にもようやく分かった。

「そういうわけでな、前にも時雨とコンを交えた餃子パーティばしたったい。まあ、気持ちの問題は、簡単には解消できんかったとやけどなあ」

史朗の話を聞きながら、もうひとつは、いやでもそのうち分かると言われたことを思い出す。そのことを告げたとき、なごみはまっすぐに浩平の顔を見ていた。

「――あれ？　もしかして、ふたつめの理由って、ぼく？」

つぶやいた浩平に、史朗が笑い声をあげた。

「浩平くん、きみんことはある程度、なごみから聞いとったんやけど……味覚のことで、悩みがあるとやろう?」

どうやら、本当にふたつめの理由は自分にあるらしい。

浩平の悩みを知っていた史朗に驚きながらも、どこか納得がいった。

「……もう、一〇歳くらいから味覚の一部分が欠けとるんです。でも、なごみさんの料理は、たびたび味がしっかり分かって……」

「浩平くん、なごみの初めての料理は、今日作りよう餃子やったとばい」

「そうなんですか! じゃあ、史朗さんが先生?」

「そうやな。それから、わしが屋台をしようことでなごみも料理に興味ば持って、いっしょにいろんなもんば作ったけど……ひとつ、わしが大切にしてきた基本は、あの子にも伝えとう」

「基本?」

「そう。おそらくそれが、浩平くんにも作用しとうとやなかかいなって伝えたかったけん、今日はここにきみも呼んだとよ」

そう言って史朗は、その〝基本〟をゆっくりと、丁寧に浩平に教えてくれたのだった。

＊＊＊

ホットプレートで餃子を焼くのは、実に何年ぶりだろうか。

そう言って嬉しそうに微笑む史朗の前では、プレートの熱さを真剣な瞳で見極めているなごみの顔がある。

「お祖父ちゃん、焼くよ」

なごみは、まんべんなく油を引いたプレートに、五連になるよう四人ぶんの餃子をきちんと並べる。史朗の希望で、コンが作った牡丹《ぼたん》の形の餃子を焼くのは、あと回しになった。

油に弾かれた皮が賑やかな音をたてて、そのうち、独特の香ばしい匂いが室内を包む。

料理というのは、口だけじゃない。目で、耳で、鼻で……五感を通して味わうこともできるものなのだと、浩平は実感した。

蒸し焼きにするために熱湯を注いだあと、プレートには蓋がされた。

「そろそろ、音が変わった」

なごみが蓋を持ちあげると、なかにこもっていた蒸気がもわっと一気に舞い出して、それに乗ったニラやニンニク、豚ミンチの匂いが浩平の鼻先にも届いてきた。

「いい匂いですね、なごみさん！」

「……当たり前、誰が焼いたと思っとうと」

焼きあがった餃子が皿によそわれる。「食べよう」という史朗の号令で、それぞれが箸を手に取り思い思いのままに口に運んだ。

その様子を見ながら、浩平はほんのすこし迷っていた。

せっかく、史朗が家に招待までして餃子を振る舞ってくれているのに、また、いつものように味を感じられず、「美味い」と言うことができなかったらどうしようか。

その不安が、浩平を迷わせていた。

「浩平くん」

目の前でその様子を見ていた史朗が、呼びかけてくる。

「今日は〝基本〟に忠実やけん、大丈夫たい」

史朗は含み笑いをしてみせる。

うなずいた浩平は、不思議そうに史朗を見ているなごみの隣で、餃子をぱくりとほおばった。

パリッと香ばしく、しかしもっちりとした感触も残している餃子の皮を噛めば、瞬間にあふれてくるのは閉じこめられていた肉汁。それはただの脂ではなく、細かく刻まれたニンニク、しょうが、ニラ、白菜からにじみ出た旨味が混ざりあった、深い味わいがあるものだ。

そこに、ごま油、塩コショウ、八角、かくし味のオイスターソースの細かな味まで、しっかりと舌で感じ取ることができて、

「！　美味か！」

浩平は嬉々とした声をあげた。

それから、つぎつぎと餃子を焼いては食べた。そして、最後の五つが焼きあがるころだった。

「なごみ、それはこの皿に盛ってくれんか？」

史朗はまだ使っていない、新しい皿をなごみに手渡した。

一瞬キョトンとしながらも、なごみは言われるままにその皿に餃子を載せる。そこには、最後まで残してあった、牡丹の形の餃子もある。

「ほれ、コン」

「なんだい？　オレはついさっきもらった餃子がまだあるけれど……とうとう目まで耄碌したのかい、じい様」

「せからしか！　さっさと受けとらんか！」

史朗の声に押されて、コンは渋々と皿に手を伸ばす。

「よし、じゃあ行くばい」

餃子を食べ終わらないうちに、史朗は立ちあがって部屋を出ていく。

残された浩平たちは顔を見合わせながらも、彼の背中を追った。

廊下に出てすぐ、「履き物をはいて社《やしろ》に来なさい」と告げられた三人は、玄関からそれぞれのスニーカーをひっかけて、庭へと出た。

着いたときには、史朗もちょうど縁側から庭に降りたところで、その対面には、朱《あか》い屋根の祠《ほこら》と、小さな朱い鳥居があった。

石段のうえに据《す》えられた祠は、浩平の胴体くらいの高さにある。

「社って、これ？」

「そう、これが椎葉のお稲荷さん」

ポカンとしてつぶやく浩平に、なごみが答えた。

そのかたわらで、皿を持ったままのコンは「そういうことか」とこぼしながら、げんなりとした顔をしている。

史朗は静かに社に向かって手を合わせたあと、社の屋根を三回ノックしてそこから一歩離れた。

それから三秒と経たないうちに、社の入口が開いて、霞のような白いもやが史朗の目の前にモクモクと渦を巻いていく。

「え、なにが始まったとですか!?」

浩平はひとり、驚きの声をあげる。

史朗の前のもやがスッと晴れたとき、深々と頭をさげながら、時雨《しぐれ》が現れた。

「お呼びでございましょうか、史朗さま」

幻想的な光景に、浩平は呆気にとられる。そういえばここに来たとき、時雨を社に控えさせていると史朗が言っていたのを、浩平は思い出した。

時雨は庭先に集まっている面々をぐるりと見回しながら、最後にコンと視線がぶつかると、わずかに嫌そうに眉を寄せた。

「時雨、おまえの働きでコンも今日、神さんからの許しが得られた。礼を言うばい」

「史朗さまの御身のためならば、いつでも時雨をお頼りください」

「それは心強い。では時雨、ついでにもうひとつ、わしの頼みば聞いてくれんね」

「……なんなりと」

昨夜の時雨を知っている浩平には、平然と彼女に話しかける勇気はない。ふつうに対話している史朗は、もはや神さまレベルにいるのではないかと思えてくる。

「おまえにも伝えていた通り、わしらは餃子パーティば楽しんだ。今日の餃子はなかなか美味かったけん、おまえにもお裾分《すそわ》けば持って来たとよ」

「もったいのうございます」

「もったいなかと言うんやったら、そのお裾分けが余ることのほうがよっぽどもったいなか。まあ、食べてみんね……ほら、コン」

コンに呼びかけた史朗の声に、時雨はピクリと眉をひきつらせる。

わずかな変化でもしっかりと伝わってくる嫌悪の念に、コンはため息をつきながら史朗の隣に並んだ。

「くせ者だとは常々思っていたけれど、皿をオレに持たせたわけは、やはりこれだったかい、じい様」

「史朗さま。まさかそのお裾分けとやら、この出来損《できそこ》ないから受けとれと申されるのですか？」

「出来損ないは言葉が悪い。おまえが認めんでも時雨、コンはおまえの息子に違いないやろうが。言い直しなさい」

「なんとご無体《むたい》なこと……わたくしめの心持ちをご存知ながら、なぜこのような仕打ちをなさるのですか？」

無体というのなら、母親の口からそんなことを聞かされるコンのほうが、よほど無体ではないか。

いつもと違い、温度を感じさせない瞳に彼女を映すコンを見て、浩平は思わず一歩踏み出す。

けれどそれは、隣にいたなごみに制された。

「なごみさんっ」

「……アンタじゃなか、行くのは」

小さな声でつぶやいて手を降ろしたなごみは、コンと時雨のあいだに歩み出る。

「なごみさま？」

「時雨さん、お祖父ちゃんのためなら、なんだってできるんやろ？」

「それは……」

「さっきそう言った」

返す言葉をなくした時雨は、唇をグッと引き結ぶ。

黙った彼女を見てうなずくと、なごみは史朗に視線を向けた。

「お祖父ちゃんも、説明がなさすぎる。今日わたしたちを集めたのは、あなたが餃子を食べたいこともそうやろうけど、ちゃんとした目的があったんやろ？」

見透かすようなごみの黒まなこを向けられて、さすがの史朗も力を抜くしかなかったらしく、朗らかな笑い声をあげた。

「ネタばらしにはまだ早いやろうが、なごみ」

「……史朗さま、これはどういう？」

混乱する時雨の顔を、史朗は再び見つめた。

「時雨よ、おまえたちの理念がどうだとか、神さんらの社会がどうだとか、わしはこれっぽっちも興味はなかし知ろうとも思わん。互いに干渉しすぎも良くないと、わしは思うけんな。ただ……道理はあるやろうと思っとう」

「道理、でございますか？」

「今日呼んだ三人を見なさい、時雨。神さんと、そしてわしとの約束があって、屋台を守りようコンと、その主として料理を作るなごみ。そして浩平くんは従業員って建前やが、本当はふたりのお客たい。それぞれの成すべきこと……道理を全うしてこそ、だれかの喜びに変わることを、おまえよりもコンのほうがよく分かっとうっちゃなかとか」

「だれかの……喜び」

「息子といがみ合うおまえが、わしの頼みならなんでも聞くと言う。そうやって物事に差をつけとう時点で、道理に反しとうと思うのはわしだけか？」

昨夜の一件で改めて実感したが、前々から思っていたことだ、と史朗はつけ加える。

「時雨さん」

うつむく時雨に、なごみが訊いた。

「なんも知らんかったわたしが、コンの主になったときをあなたは覚えとう？」

それは、なごみが五歳になったころだ。

彼女の両親は仕事に忙しい人で、なごみはよく、祖父母に預けられていた。

もちろんそのころから〝椎葉のお稲荷さん〟も健在していて、史朗と時雨はすでに主従関係を結んでもいた。

祖父母の家に出入りすることが多かったなごみの遊び場は、もっぱらお稲荷さんの社の前だった。それが彼女の日常だったし、お狐さんを見たこともなかった彼女は、なんら恐れることもなかった。

その日も、いつものように庭先に出たなごみは、たったひとつ、いつもと違う光景を目にした。

「おや、史朗のとこの嬢ちゃんかい」

社の前に、金色に近い髪に紺色の着物を着た男が立っていたのだ。

「……なごみんこと、知っとうと？」

その頭には、なごみにはない金色の耳が見える。よくよく見れば、同じ毛色の尻尾まで生えていた。

「知っているもなにも、いつも社の前で遊んでいれば、自然と覚えるってもんじゃないかい？」

からからと笑う男を、なごみは不思議そうに見あげた。

「お稲荷さん？」

「狐に違いないが、ここを守っているのはオレじゃない。母上だ」

「お狐さん……」

ふかふかとやわらかそうな尻尾にそっと触れるなごみを見おろして、狐は微笑む。

「興味があるかい？」

「分からん。お狐さんとか、初めて見たし」

「それにしては怖がらないねえ。肝《きも》が据わった嬢ちゃんだ……と、無駄話はこれくらいにして、なかに戻らないと母上の逆鱗《げきりん》に触れそうだ。オレの母上は恐ろしいんだよ」

「いつもおる？」

「オレがかい？」

うなずくなごみに、狐はときどき来るのだと返した。

「また会える？　お狐さん」

「おまえさんとのタイミングが合えば、会えるだろうさ」

「じゃあ、名前」

「……名前？」

「うん。お友だちはみんな、名前教えあいっこする」

純粋な瞳を向けられて、狐は思わず笑ってしまった。そして、なごみの視線の高さにあわせるように、膝を折り曲げて屈みこんだ。

「おまえさんたちの世界では当たり前にあるのかもしれないが、オレたちにとっちゃあ、名前ってのは特別なものでねえ」

「ないと？　名前」

「まあ、そういうことになるねえ」

「ふうん」

なにかを考えるように口をとがらせたなごみは、しばらく狐を見つめたあと、不意に言った。

「じゃあ、コン！」

無邪気な声に、コンは呆気にとられてしまった。

「おまえさん——今、名を……」

狐の心境を表せば、呆気にとられるというよりは、驚愕に近かったかもしれない。

「？　だって、アンタ名前がないって言いよったし。かわいそう」

「ぜんぜん、まったく！　微塵もかわいそうなことはない！」

「でも、名前があったほうが呼びやすい」

一度つけられた名は、神さまの意思でしか覆すことはできないもの。それが今のように、なんとなくの流れでつけられたものでも、だ。

「それにしても、おまえさんの名づけセンスは……」

「だって、アンタが着とう着物の色、紺色」

「色って、おまえさん」

「あと、狐って〝コンコン〟って鳴くっちゃろう？」

「な、鳴き声……!?」

「やけん、今日からアンタのこと、〝コン〟って呼ぶ！」

なにか言い返したいところだが、返す言葉も見つけられないほどに動揺しているコンの背後に、もうひとつの気配が忍び寄る。

「どこぞで油を売っているかと思えば、斯様《かよう》なところでなんということであろうか」

いつからいたのかは定かではなかったが、息子に名がついたことはすでに知っている。それを感じ取ったコンは、こうべを垂れた。

「母上……面目ない」

「半人前にも満たないおまえに名がつくなどと、前代未聞！　その意味をおまえは分かっているのか!?　ただでさえ出来が悪いというのに、あまつさえこのような幼子《おさなご》を主に従えるなど――！」

今にも掴みかかりそうな勢いの時雨の前に、両手を広げたなごみが立った。

「コンの名前つけたのはなごみやけん、なごみを叱《しか》って！　なごみの大事なお友だち、いじめたらいかん！」

この日、騒動を知った史朗は、なごみとコン、妻と時雨の五人で食卓を囲んだのだ。気乗りしないコンと時雨にももちろん、餃子を作るところから手伝わせて。

この季節になると思い出すのだとコンが言っていた、なごみとの主従関係のなれ初めを、浩平は知った。

そして、当時からやはり、時雨はコンに厳しい母親だったことも知った。

「あのときのなごみさまは、幼いながらもコンを守ろうと必死でございましたね」

「……今も変わらん」

「え？」

「今も、コンを苛《いじ》めるなら、いくら時雨さんでも許さんと思っとう」

なごみの言葉に細く息を吐いて、時雨は静かにつぶやく。

「餃子パーティとはまた、なんと懐かしい」

微笑んだ史朗が、時雨に返す。

「ちゃんと覚えとったか」

「まことに失礼かと存じたうえで言わせていただくのですが……史朗さまはなんと無意味なことをなさるものかと、思っておりました」

穏やかな口調で言う時雨の毒舌《どくぜつ》に、史朗はおかしそうに笑い声をあげる。

「けれど史朗さま、あなたさまがなぜ、あのようなことをなさったのかという理由は、なんとなく分かってはいるのです」

コンの前に立ちはだかるなごみを、どこか懐かしそうに眺めて、時雨はスッと手を伸ばす。

「コン、こちらへお渡しなさい」

「……受け取りたくないのじゃないかい？　オレの手からは」

「勘違いをしないよう。これは、史朗さまのお心遣いとなごみさまのお言葉が響いただけで、なにもおまえを認めたわけではないからね。ただ……社の守神《まもりがみ》としての道理を、すこし見直してみようとは思っている」

皿に載った餃子は、すこしだけ冷めていた。

そのなかでたったひとつ、形が違う餃子をいちばんにつまんだ時雨は、「くだらない」とつぶやきながらもそれを口に運んだ。

「あの日……史朗さまがこのような料理を振る舞ってくださったことで、わたくしめの胸には、この不出来な息子が作ったものがいちばん美味なものとして残っているのです。おかしなことに」

時雨の言葉に、史朗はニコリと微笑んだ。

「時雨、美味《うま》か料理には心をほぐす力がある。おまえの胸にコンの餃子が残っとうってことは、心が喜んどう証《あかし》たい。心は素直に認めとうっちゃないか？　コンは可愛か息子やってな」

言いながら向けられた史朗の視線に、コンは言葉を忘れて、目を丸くしていた。

時雨は知っていたのかもしれない。いちばんに食べた牡丹の形の餃子は、コンが作ったものだということを。

「さて、老いぼれのお節介もここまでやな。なごみ、順調な流れに乗れば、事が転じるのは早かぞ?」

「それは……」

なにか、ふたりに通じるものがあるかのように、会話を交わしながら自分に向けられてくる視線。

そのふたりの顔を交互に見ながら、浩平はひとり、狐につままれているような心地で眉を寄せたのだった。

〝守ろう〟などと、そんな大それたことは考えてもいなかった。

ただ、その気持ちに共感をして、それじゃあ消えてなくなり無となる前に、最後にひとつ、だれかを助けることを選んでも悪くない、と。

ただそれだけで、始めたことだ。

それは思った。

いたいけな幼きものを、助けてやりたいと――ただ、そう思っただけだった。

＊＊＊

『順調な流れに乗れば、事が転じるのは早かぞ？』

史朗が告げた言葉は、いつまでも浩平の胸に居座った。

それは、その言葉を受けとめるべきなのは自分だと、気づいてしまったからよけいにだ。

今まで無理矢理に閉じこめてきた、過去の切れはしに触れるような史朗のまなざしは、胸の底を軋《きし》ませるには容易かったのかもしれない。

「……ちょっと」

ぼんやりと考え込んでいたときに、突然入りこんできたなごみの声に、浩平は慌てて返事をする。

「す、すみませんっ」

「アンタ、こん前からすこしおかしい」

訝《いぶか》しそうななごみの視線に、ごまかすような微笑みを返していると、フォローする気があるのか分からない言葉をコンが投げてきた。

「浩平がぼんやりしているのは、今に始まったことでもないんじゃないかい、なごみ」

「コンさん……もうすこしやさしか言い方がある気がするとは、ぼくだけですか」

言い返す浩平を笑い飛ばして、コンは続ける。

「でもまあ、たしかにぼんやりとしすぎじゃああるかねえ、ここ最近」

ふたりに同じことを指摘されてしまい、浩平は気合いを入れ直そうと胸元で拳を握る。

「よしっ！　すみません、もう大丈夫ですから！　お客さん呼び込みに行きましょう、コンさん」

けれども、

「あ、あれ——？」

踏み出そうとした足は、情けなくも脱力していく。

「……なん遊びようと、ひとりで」

呆れたようななごみの顔を見て、浩平は慌てて否定する。

「いやいやいやっ、これは意思の範疇《はんちゅう》じゃなかです！　なんか勝手にっ！」

その場にうずくまった自分の身に、なにが起こっているのか理解できないものだから、うまい説明もしようがない。

音もなくカウンターの椅子から立ちあがったコンは、そのまま浩平がへたりこんでいる厨房へと足を向けた。

「そろそろ限界かい？」

浩平に合わせるように屈んだコンだったが、その目はいつになく鋭い。

「へ？　な、なんがですか……」

「ああ、悪いね浩平、今のはおまえさんに言ったんじゃない。そうだおまえさん、史朗の家に行ってから明日で二週間が経つが……身体になにかの異変を感じてはいないかい？」

「異変？」

「そうだねえ、たとえば、ときどきひどく胸元が痛むとか」

「！　なんで知っとうとですか!?」

ズバリ言い当てられたことで、浩平は思わず声をあげた。

「あ……いやでも、別に病院に行きようとか、そこまでのことじゃないけん、き、気にせんとってください」

深いため息を吐き出して、コンは右手に着けている数珠《じゅず》を抜き取る。

「病院なぞに行っても意味がないさ。しばらくのあいだ、これを貸そうか。身につけておくといい」

「でもこれ、コンさんの依代《よりしろ》ってやつなんじゃ……」

「オレのは左にもあるし、ほら……足にもある。右手のぶんが欠けたところで、どうにか補えるくらいの力はあるさ。それよりも、はやくそれを着けてごらん」

さっきまで鋭かったコンの視線は、いつのまにか穏やかなものに戻っている。

浩平はほっとして、言われた通りに数珠に手を通した。

とたんに、全身の血が逆流するような感覚が突き抜けて、寸前まで重苦しかった身体は嘘のように軽くなった。

「！　こ、コンさんっ」

「ああ、効果は絶大だろうねえ。なんせ、あやかしが相手だ」

返ってきたコンの言葉を、浩平はすぐに飲み込むことはできなかった。

「……ぼくはいつ、こんなファンタジーな世界に迷い込んだんやろうか」

呆然としている浩平を、コンはいつもの調子でからからと笑い飛ばす。

「いつからというのなら、おまえさんがオレと出会ったときからだろう。いいかい、おまえさんがここにいることも、オレとの接点ができたこともすべては必然……おまえさんは選ばれた人間ってことだからねえ」

〝選ばれた〟というのなら、それ相応の理由があるはず。

味覚障害ということだけが、はたして原因なのだろうか……そう考えはじめたところで、再び胸が軋む。

「あやかしが相手って、それは瑞希さんのときみたいに、ぼくもなんか生み出しとうってことですか？」

「天《あま》の邪鬼《じゃく》かい？　そうだねえ、それよりももっと……」

頭髪の色に合わせたように色素の薄いコンの瞳は、それだけですでに幻想的だ。

「もっと、なんですか」

「もっとやさしい、かな。それだけにややこしいのさ」

いったいコンには自分のなにが見えているのか。悩む浩平の背後で、「いらっしゃい」となごみがだれかを迎えた。

「なんしようとか、ふたりしてそげんとこに座りこんでから」

慌てて顔をあげると、邦男がカウンターごしに厨房のなかを覗き込んでいた。

「うわ、邦さん！　こんばんは」

「浩平、サボるにしてもおまえ、そげんとこで盛大にサボったらいかんやろー」

「そ、そうですよねえ」

まるで力が入らなかった足を気にしながら、浩平は急いで立ちあがる。

「――立てた」

つぶやいた浩平を静かに見守っていたなごみは、

「……あんま無理はせんときい」

淡々と、でも気遣う言葉を返してくれた。

――それにしても、さっきのはなんやったんやろうか？

グーパーと手のひらを開閉させながら、さっきまで不可抗力でへたりこんでいたことを思い出す。

浩平のなかの、なにかの存在に気づいたらしいコンと、身体の異変を抑えてくれたコンの数珠。

なにより、史朗の家に招待されたあの日から、ずっと軋み続けている胸の底、と説明しきれないことだらけだ。

「……まいったな」

その軋みが始まってからというもの、浩平は料理をまともに味わえることがなくなっていた。それは、なごみの作ったものでさえだ。

――これじゃ、前んときと同じ……いや、ほとんど味がせん分、前よりもたちが悪いか。

浩平のそばでは、いつものがめ煮の匂いが漂いはじめる。

「ちょっとなあ、今日はなごみちゃんに相談があるとやけど、聞いてくれんね」

「邦さんが相談……めずらしい」

「いやあな、娘んことやったら、年が近かなごみちゃんに聞くのが早かやろうと思ってから」

温めたがめ煮を器に盛りながら、なごみは促すように視線を向けた。

「娘さん、なんかあった？」

なごみが差し出したがめ煮を受け取って、邦男は苦笑いを浮かべる。

「……今に始まったことじゃなかっちゃけどなあ。なごみちゃんには、親を嫌った時期やらあったね？」

「嫌われとうと？」

ピンと伸びた背と淡々とした口調で、なごみの言葉はストレートに響く。

「な、なごみさんっ」

慌てて口をはさむ浩平を、なごみは不思議そうに見あげてくる。

どうやら、自分の言葉の効力にはまったく気がついていないらしい。

そんな彼女に、邦男はさらに苦笑いしながら返す。

「いやあまあ、今さらなんやけどなあ」

「……なんで。理由は？」

一見、怖そうにも見える邦男だが、話してみるとそんなこともなく、浩平から見ても案外ざっくばらんとしたつき合いやすい性格だ。

なごみと年が近いということは、自分とも同年代なのだろう邦男の娘。男の自分と女の子の視点はちがうのだろうかと、浩平は窺《うかが》うように邦男の顔を見つめた。

「娘……千香《ちか》って言うっちゃけどな、千香が自分のことばあんまり話さんごとなったとは、中学にあがるときくらいからやったかなあ。なんが理由かって聞かれても、本人がなんも話さんけん、これやって言えるもんがなかっちゃけど……ひとつ思う節があるのは、千香が小学校最後ん年に、俺が今の会社ば興したことが原因かいなって」

邦男が一念発起して建設会社を創設した当初、軌道に乗せるまではとことん仕事に没頭していた。

会社の経理は妻に任せているので、毎月末の締め日間際と年度末は妻も忙しくなる。小学校高学年でほとんど手が離れていたこともあって、千香は、ふたりが多忙なあいだ、家にひとりでいることも多かったのだと言う。

「あのころ、千香はまったく文句は言わんかったんやけど……それが逆に悪かったんやろうなあ」

そのときの寂しさが募った結果、両親にあまり自分のことを話さなくなり、今では自分とひとことの会話もしなくなったのだろう、と邦男はぎこちなく笑った。

「家にひとり……か。同じやな、ぼくと」

話を聞いていて、どこか重なる光景が浮かび、浩平はぽつりとこぼしていた。

「……ひとりやったと？　アンタも」

隣にいるなごみは、そのつぶやきを聞き逃すことはなかった。

「──あっ、いや、ぼくのことはまあ、気にせんでください！　今は邦さんが大事やろうし、ねっ」

焦りつつ、邦男に意識を向けるよう浩平は促すが、なごみは思いっきり訝しそうな顔をしている。

ずっと続いている胸の底の疼《うず》きを鎮《しず》めるように、浩平はコンから借りた数珠に、そっと触れた。

＊＊＊

軽く話を聞いただけの彼女――千香に変な共感を覚えてしまったのは、なにも最近、自分がおかしいからという理由だけじゃない。

あのころの浩平も、千香のようだった。

ただ黙って、静かに。母が自分のためにがんばってくれていることも分かっていたし、わがままを口にしても、母を困らせるだけだと思っていた。

『木戸くん、鍵っ子なんやねー！』

あのころ、そんなふうに友だちから〝鍵っ子〟と言われることが、浩平は嫌いだった。

寂しさを知らない友人たちは、家の鍵を持たされることがなにかのステータスのように見えていたらしく、なかには無責任に羨ましがることもまでいた。

そんな羨望《せんぼう》も好奇も、浩平の寂しさを深めるだけだった。

『鍵っ子なんやね』という言葉の裏を返せば、『母子家庭で可哀想だね』としか聞こえなかったからだ。

父と母がなぜ離婚してしまったのかなど、詳しく聞いたことはない。

ただ今になって分かるのは、結婚という契約を交わしても、そこから無条件に添い遂げるという約束に繋がるわけではない、ということだけだ。

浩平が小学校三年生のときに、母親とのふたり暮らしが始まった。

看護師の母が浩平を養うことは、収入面ではそう苦でもなかったはずだ。

しかし、市内でも大きな病院に勤めていた母には、当然、夜間勤務もあった。オペ室に配属されていたときには、昼夜問わず、突然の呼び出しもザラだった。

『ごめんね浩平、ひとりでも平気ね？』

夜、病院に駆り出されていくときには必ず、母は浩平に訊いた。ひとりでも平気か、と。

本当は平気じゃなくても、寂しさは母を引き留める理由にはならないだろう。

このころから浩平は、自分の本心を抑えることがとても巧《うま》くなっていった。

『平気やけん。母さんはお仕事がんばって』

ひとりは嫌だよ、寂しいよ。

浩平がこのひとことを我慢すれば、病院で危篤《きとく》な状態にある命が救われる。

――母さんが仕事をがんばりようのは、ぼくのためでもあるっちゃけん。

そう自分に言い聞かせては、少なくなかったひとりぼっちの夕食の時間にも耐えてきた。

このころから、浩平の味覚は狂いはじめていた。

成人した今となれば、物分かりなど良くないほうがよかったのかもしれないと思える。

嫌だ。

寂しい。

そう母にぶつけられていれば、現状は違っていたのかもしれないと。

こうやって過去を思い出すと胸の底はヒリヒリとして、コンが言い当てたように、近ごろでは正面から背中に向けて矢が刺さりでもしたような、鋭い痛みさえ走ることがあった。

「――う……い、浩平！」

相談を終えた邦男はきっちりとがめ煮をたいらげて、ひとしきり酒を飲んで家路についていた。

「うわ、ボケッとしとった！　すみませんっ」

自分のことを呼ぶなごみの隣で、慌てて背筋を伸ばした浩平を、コンはカウンター越しに黙って見つめている。

「……調子、悪いとなら、もう今日は帰りい」

ここまでぼんやりとしていれば、さすがに心配せずにはいられないのかもしれない。

気遣うようなまなざしを向けているなごみに、浩平はヘラッと笑って見せる。

「いや、ほんと大丈夫です！　もう考えごとはせんですからっ」

邦男がいるときにもなにかを見据えるように、ただ黙って浩平を見つめていたコンが、口をひらいた。

「浩平、今からちょいと、おまえさんが嫌だと思っている部分に触れるかもしれないけれど、許してくれるかい？」

「な、なんですかコンさん、事前承諾？」

「承諾と、それから……覚悟をしてもらわないとねえ」

なにか企んでいるように微笑むコンを、なごみがまっすぐに見つめる。

「……そんなに怖い目で睨まないでおくれよ、なごみ。なにも苛めやしないさ」

「別に、睨んどうわけじゃ……」

コンがなにをするつもりなのか、いちばん疑っているのは浩平だ。

ザワつく胸中を、どこか他人のもののように感じる。

「まず浩平、おまえさん、自分を偽ることをやめなければいけないねえ」

「偽るって、なんの話……」

「世のなかってのは、声に出さなけりゃあ伝わらないことが大半さね。それはよく分かっているんだろう？　おまえさんも。そして――おまえさんもな」

コンの視線から、今の言葉は自分だけではなく、なにか〝ほか〟にも訴えていると、浩平は直感した。

「……コンさん」

「なあ浩平、おまえさんにはここで働くように言い置いて、今日までとどめておいた。それは、こちらの準備が不足していたこともあったけれど、なにより、おまえさんのそばにいるものを見きわめることが必要だと、思っていたからなんだよ」

「準備って、なんですか?」

「それは、まあ……おまえさんも知っての通り、オレが抱えているわだかまりのことさ。それも史朗のお節介のおかげで、思ったよりも早くに軽減された。自分の流れが滞っているのに、他人の流れを整えるなんざ、お門違いってやつだねえ」

二週間前、浩平の家に出向いたコンは言っていた。片付けなければならないことがある、というようなことを。その答えが今の言葉だ。

忘れかけていたことにあとから答えが出るのは、爽快感《そうかいかん》よりも不思議な感覚のほうが勝る。

「じゃあ……今コンさんが言った、そばにおるもんって……」

「そうだねえ、浩平が分かりやすいように例えるのなら、〝心やさしい番人〟ってとこかねえ」

手のひらのうえで転がるさまを眺めて、楽しむようなコンの微笑みに、浩平の頭のなかは疑問符で埋め尽くされる。

怪訝そうな顔をしている浩平に、コンは肩を揺らしてクックッと笑いながら、なごみに声をかけた。

「なごみ、今日はオレから注文したいんだけど、いいかい？」

「コンが？」

驚いたような表情のなごみを、コンは愉しげに眺めている。

人の表情が変化するのが嬉しいのか、こういうときのコンはやけにいきいきとしている。

「……それで、注文は？」

「玉子焼き」

「玉子焼き？」

「ああそうだ、なかに明太子を巻いておくれよ」

コンの言葉に、キョトンとしたのはなごみだけではなかった。

「――コンさん、その注文って」

「出来上がったそいつを食べるのは、浩平。おまえさんだよ」

「な、なんでコンさんが、ぼくの分の注文をするとですか⁉」

これまでに見てきたお客……聡美にしても瑞希にしてもそうだったが、いざ自分がその立場に立ってみれば、こうもひどく戸惑うものなのだ。

「なぜって……真面目に答えるなら、おまえさんに今いちばん必要な料理だからさ」

明太子を巻いた玉子焼きが、浩平の思い出のひと皿であることは、初対面のあの夜にコンも知り得ていることだ。

それを分かっていて、なごみに注文したということは、コンにはもう、浩平になにが起きているのか見通しがついているのだろう。

「ぼくのなんが見えとうとですか、コンさんには」

「そうだねえ……それは食べてからのお楽しみかなあ。幸い、今晩はのんびりできそうだし、まあ焦る必要もないだろう？」

訊ねた浩平に返ってきたのは、屋台の灯りに照らされた、コンの妖艶《ようえん》な微笑みだった。

＊＊＊

『仕事に行ってきます。夕食、食べておいてね』

母が夜勤の日は、食卓にはいつもラップがかかった夕食が並べられていて、小さなメモ紙に走り書きされた母のひとことが添えられていた。

例えばカップ麺だったり、現金だけ置かれているよりも、毎回家を出る前に作り置きしてくれているい手作りのごはんがあっただけ、幸せだったのかもしれない。

それでも、学校から帰ってひとりぶんの夕食が卓上に並ぶ光景は、浩平の寂しさをひたすら助長させるだけだった。

電子レンジでいくら温めても、出来立ての食事とは雲泥の差だ。

食事が楽しくない。それを強く印象づけたのは、この、ひとりぼっちの寂しさのせいだったと言っても、決して言い過ぎではないだろう。

母の休日や日勤のときには、もちろんいっしょにごはんを食べた。浩平にとっては断然、楽しい食卓だったが、そのぶんひとりきりのときに味わう落差は計り知れない。

ある日、『浩平がいちばん好きな料理はなん？』と母に問われたことがあった。

母なりに、浩平に寂しい思いをさせているという、罪悪感があったのだろうか。

このとき、『前に母さんが作ってくれた玉子焼きが、美味しかった』と答えると、夜勤の日の夕食にはたびたび玉子焼きが出てきた。

真んなかに明太子が巻かれた、あの玉子焼きだ。

母はちゃんと、仕事をしながらも自分のことを大事にしてくれている。

そんな母に、身勝手なわがままをぶつけてはいけないんだ。

そう言い聞かせて、泣きながら食べた玉子焼きの味は、浩平の胸と舌にしっかりと刻み込まれた。

泣きながら玉子焼きを食べたその晩、風邪をひいていたわけでもなかったのに、浩平は突然の発熱に見舞われた。

翌朝になり仕事を終えて帰宅した母は、『ひとりで苦しい思いばさせて、ごめんね……ごめんね』と、何度も何度も、繰り返し謝った。

――こげん、悲しい顔をさせたいわけじゃなかとに。

勤務あとの疲れた顔に、悲しみも加わった母の表情に、浩平の胸はひどく痛んだ。

我慢することと、募らせる思い。

千香もそれを胸の奥に抱えているのだとすれば、この屋台でいちばん気持ちを理解してやれるのは自分なのかもしれないと、浩平は考えた。

カウンターに頬杖をついて座るコンの隣で、ぼんやりと過去を振り返っていた浩平の鼻《び》孔《こう》には、玉子を焼く香ばしい匂いが届いてきた。

そういえばあのころ、母がこのひと皿を作っているときに、そばでこうして匂いを嗅いだことはなかった。

家を出るまでの時間に、忙しくひとり分の夕食を準備していたのだろうと、台所に立つ母の背中を想像するばかりで、口に入れる玉子焼きはいつも冷めていた。

「玉子焼き、おまたせ」

ここで働きはじめてから、いろいろななごみの料理を食べてきたけれど、自らが『お客』としてカウンターで食事をするのは、二度めになる。

今回、浩平の代わりに注文したコンは、頬杖をついたままゆるく微笑んでいるばかりだ。

――大丈夫。前に食べたときには、この味はしっかり分かったっちゃけん。

受け取った玉子焼きを見つめて、浩平は内心でつぶやく。

決意を固めるようにわり箸を割って、浩平は静かに「いただきます」と手を合わせた。

玉子焼きをひと切れ箸先でつまみ、口に運ぶ。ほおばって、奥歯で噛みしめて……細かな動作を確認できるくらいに、神経は集中していた。

「……やっぱり」

けれど、一度は「美味い」と感じたはずの玉子焼きが、浩平の舌に味を伝えることはない。

それはまるで、歯切れが良いだけのスポンジを、ただ咀嚼しているだけのように――味、覚は、刺激を受けなかった。

「どうだい？　浩平」

「あの……なごみさんの料理が悪かわけじゃ、ないと思います。ただぼく、最近、なにを食べても全然味がせんごとなってから」

「おや、以前は塩気だけが分からないと言っていたんじゃなかったかい？」

「はい、そうやったんですけど……今は、まったく」

「……そうか。思いの外、重症だったんだねえ、おまえさん」

ただ、一部分だけは不思議と刺激を感じていることに、浩平はすぐに気がついていた。

ドクン、ドクンと脈うつ速度に合わせるような、胸の痛みだ。

玉子焼きを舌に載せた瞬間から、胸の軋《きし》みがやまない。

「でもこれ〝基本〟、揃っとうですよね」

「おや、おまえさん知っていたのかい？」

「……なんで浩平がそげんこと知っとうと」

皿を眺めながら言った浩平を、なごみとコンが同時に見やる。

浩平が口にした〝基本〟という言葉は、ほんの二週間前に史朗から聞いたものだ。

『大切にしてきた基本は、あの子にも伝えとう』そう言った彼は、浩平にその内容を教えてくれた。

物事には表と裏、明と暗がある、と。

「明と暗、ですか？」意味が分からず、ただおうむ返しに聞き返す浩平に、史朗はにんまりと微笑んだ。

「陰陽《おんみょう》って言葉を、きみは聞いたことがあるね？」

「それ、あれですか？　平安時代の陰陽師、とか」

「そうそう、それたい。実は今の世でも、わしらのなかには、自然と陰陽道は残っとうとよ」

なにか、小難しい話が始まってしまったのか。

そんな表情を見せた浩平に軽く笑いながら、史朗は続けた。

「そげん固い顔ばせんでもよか、なにも難しいことはない。そうやな……よく比喩があるやろう？　幸運の連続で、あとが怖い、とかな」

「ああ、たしかにそんなこと、聞いたことはある気がしますね」

「あとが怖いっていうのは、『なにか不運に見舞われそうで怖い』ってことやろう？　そこからいくと、幸運は〝陽〟、不運は〝陰〟たい。良かことと悪かことは繰り返し起こってこそ、人間が生きるバランスをとっとう……こういう考え方をするったい」

「バランス、ですか」

食べものには関係がなさそうに聞こえる説明に、浩平はこっそり首を傾げる。

「浩平くん、バランスってのはな、生きることだけじゃなかたい。生きるうえでは、食べることが欠かせんやろう?」

その疑問に答えるように、史朗が言った。

「陰陽の基軸は、食べもんにもちゃんとあるとよ。それが、わしがなごみに教えた『五《ご》行《ぎょう》の食べもん』たい」

〝五行の食べもん〟と言って史朗が口にしたのは、五つの単語だった。

酸味や緑色の食べものを表す『木』、苦味や赤色の食べものを表す『火』、甘味や黄色の食べ物を表す『土』、辛味や白色の食べものを表す『金』、そして、塩味や黒色を表す『水』だ。

この〝基本〟があってこそ、お客さんにも満足のいく料理を提供できるものだと、史朗は満足そうに微笑んだのだ。

史朗との会話を思い出しながら、改めて手元を見てみる。さっきなごみが出してくれたのは、玉子焼きの黄色、その下に敷かれた青じその緑色、玉子の真んなかに巻かれている明太子の赤色、皿の端に添えられたマヨネーズの白色、そのうえに振られた黒ゴマ——と、この場所で初めて食べたときと同じ、彩りの良いひと皿だ。

目の前で確認したその皿は、史朗が言った〝基本〟を、忠実に再現しているように見える。

「そうか……じい様が教えたのかい」

「はい、あの餃子パーティの日に。思い出してみれば、ぼくがときどきしっかり味を感じた料理には、この基本が活かされとったと思うんですよ……水炊きシチューにしても、七宝あげにしても」

浩平の言葉を聞きながら、コンとなごみは視線を交わす。

「でも、今のアンタは、それでも味が分からんかったとよね」

コンに見えているものを、彼女も見抜こうとしているのか。

そう思わせるくらいの強い視線を、なごみは浩平にまっすぐ向けている。

「……なんで、ですかね」

「さて、浩平」

浩平の隣で、思い立ったようにコンが立ちあがった。

「ちょいとごめんよ」

そして、声がかけられたかと思うと、突然コンの手が思いっきり浩平の胸元をバンと打った……というのを認識できたのは、一瞬、衝撃で息が詰まったからだ。

「コンさ──な、なん!?」

「うーん。その苦痛の表情も悪くはないけど、見ていて愉《たの》しいのは断然、困った顔のほうかねえ。おまえさんの場合は特に」

「……気色悪か感想よりも、まずは謝罪を………あれ？」

ぶつくさと言いかけたとき、ある変化に気づいた浩平は、慌てて箸を手に持った。

そしておもむろに、玉子焼きをひと切れ口に運ぶ。

「！　やっぱり、味が分かる!!」

浩平が気づいた変化は、先に食べていた玉子焼きのあと口……口内に残った余韻だった。

「おや、良かったねえ。オレの謝罪よりも、おまえさんからの感謝が先かな？　浩平」

かたわらに佇《たたず》んでニッコリと見おろしてくるコンを、浩平は驚きの表情で見た。

今の彼の行動は、はなからこうなることを予測していたうえでなのだろうと、そう思えた。

ふたりのやりとりを見守っているはず……と、浩平がなごみに目を向けると、いびつ、と形容するのがもっとも似合うような形相を、彼女は向けていた。

「な、なごみさん？」

「……うしろ」

「はい？」

「アンタのうしろ……足元」

その表情のまま、言いにくそうに顔を背けたなごみの言葉で、浩平は自分の足元を見おろす。

視界の端に映ったものに、浩平はまばたきをとめた。

目に映った形と、表面の模様。そこから導き出した予想に、浩平はぞっとする。

「へ、蛇!? デカっ！」

浩平の腕の太さくらいはありそうな、立派な大きさの黒い蛇が、浩平のうしろでノソリと蠢《うごめ》いていた。

決して大きくはない丸椅子のうえで膝を抱え込む浩平を、蛇は地べたから、まっすぐに見つめてくる。

「浩平、さっきおまえさんの身体に衝撃を与えたのは、この蛇をおまえさんのなかから追い出すためだったのさ。とはいえ、荒療治だったことに変わりはないね。悪かったよ」

説明をしながら、コンは蛇の尻尾を掴んで持ちあげる。

ブラブラと揺れながら、頭をしたに向けた蛇はぽつりとつぶやいた。

「……無礼じゃ。その手を離せ、狐。さもなくば締め殺すぞ」

蛇が吐いた穏やかじゃない言葉に、浩平はひとり竦《すく》みあがる。

「コンさん……これが、さっき言いよった〝やさしい番人〟ってやつの、正体ですか？」

おそるおそる問いかける浩平に、コンはうなずく。

いつのまにか、なんの物音もなく浩平の足元にいた蛇。ただの偶然かもしれないが、その姿を見たと同時に胸の軋みも治まっている。

「さあ浩平、おまえさんの覚悟が必要になるのはここからだ。あまり思い出したくないことを、この蛇に語らせるが、いいかい？」

胸元に手を当てている浩平に、コンは口角をキュッとあげた。

＊＊＊

人間の世界には、一期一会《いちごいちえ》という言葉がある。

初めてこの言葉を知ったとき、なんとも素晴らしい響きだと、シロはひどく感銘を受けた。

「シロっていうのかい、おまえさん。見た目の色とは真逆の名だねえ」

クスリと笑うコンの目の前、カウンターのうえでとぐろを巻く蛇――シロは、赤く細い舌をチロリと出した。

「真実も分からぬものに、色がどうのと言われとうはないものじゃ」

コンの隣で腰が引けている浩平と、カウンターの向こうで顔を歪《ゆが》めているなごみに、シロは順番に目を向けた。

「蛇は嫌いか、お嬢さん」

「蛇というか、爬虫類は、ぜんぶ……」

これまでなにを目にしても動じなかったなごみのめずらしい反応に、浩平は驚きをかくせなかった。

――この人にも、苦手なもんはあったんやな。

そんなことを思いながら、浩平がなごみを見つめていると、不服そうな口調でなごみが言う。

「うるさい」

「え、ぼく、なんも言っとらんですけど……」

「視線がうるさかった」

小さく頭をさげた浩平に、シロは視線を戻した。

「おぬしにはずっと、迷惑をかけた。すまなかった、浩平」

「……迷惑、ですか？」

喋る蛇……この光景に慣れるには、けっこうな時間を要しそうだ。

ミーとの対話でも感じていたことだったが、今までのことはけっこうな衝撃だった。これからの人生、こども向けの喋るおもちゃの類いを、純粋にかわいいと思える日はこないだろう。

「これまで、浩平の味覚を狂わせていた要因は、我じゃ。我の司配《しはい》は〝水〟。その我がおぬしのそばにおることで、五行のバランスが崩れておったのじゃ」

「五行って……それは史朗さんが言いよった〝基本〟と同じことですか？」

怪訝そうな顔の浩平に、うなずいたシロはゆっくりと話しはじめた。この一〇年の、この顛末《てんまつ》を。

『寂しい』

シロの波長と偶然合致したその叫びは、一〇歳のこどもの声だった。

その声を口には出せず、小さな胸でひたすら抱え込んで、ことあるごとに寂しい、寂しいと。

一度聞こえた声に惹かれて、シロは毎日、そのこどもを見守った。

博多の街なかの、公園のすみに備えられた小さな社《やしろ》は、過去に那珂川の氾濫で浸水被害をうけた川端商店街の自治会が、神頼みするために祀《まつ》ったものだ。

水を司《つかさど》る蛇神だったシロは、社が祀られたころからずっと、その場所にいた。

川の整備も行き届き、いつしか存在も忘れ去られるほどになった社は、ずいぶんとガタがきていた。そのころ、自治会では、社を遷座《せんざ》しようという話が持ちあがっていた。

――そろそろこの役目も、潮時か。

シロがそう考えていた矢先のことだった。

『寂しい』

その声に、じき役目を終える自身の侘《わび》しさを、無意識に重ねてしまっていたのかもしれない。

声の主は、忘れられていた社に立ち寄っては、いつもお供え物を置いていった。

――どうせならば最期に、ひとりの人間の役に立つのも悪くない。

それをしたところで、そのこどものなにが救えるのかは分からない。けれど、なにもせずに見過ごしてしまうことも、このときのシロにはできそうになかった。

人間の世界で、まだ十年《とおねん》ほどしか生きていない、いたいけな幼き者。浩平の暗い過去や寂しい気持ちを胸の底に押し込めて、自身がその場所の守りになろう。

彼の心が壊れてしまわぬように……。いつしかそれが、シロの大役となっていった。

浩平が泣きながら玉子焼きを食べた日の晩、原因の分からない熱を出したあの日から、シロはずっと、浩平の心を守ってきたのだ。


「……過去のことを思い出そうとするとき、ここんとこが痛い気がしよったけど……」

シロの語りを聞き終えて、自分の胸元に手を当てる。

公園のすみにあった小さな社のことなど、浩平はすっかり忘れていた。

「だから言ったじゃないかい、浩平。病院になぞ行っても、意味はないってね」

「コンさんにはずっと、これが見えとったんですか？」

「確信を持てたのは、たった今さ」

不思議な存在を生み出したり、あるいはいつのまにかそばにいたり。

浩平は、もはや半信半疑の迷宮を永遠に廻《まわ》っているような気分になる。

「じゃあ……さっき、コンさんが言いよった〝やさしい番人〟っていうのは――」

「そう。おまえさんが封じたい辛い過去の扉を、このシロはずっと、守り続けてきたって話だねえ」

　真実を聞かされて、ようやくコンが言っていたことの意味が分かった。

　そしてなぜ、自分がこの店のお客として選ばれたのか、その理由も。

「あの、これって、ですね……ちょっと言い方が悪いかもしれんけど、ぼくはシロさんに憑《つ》かれとったって解釈でよかとでしょうか」

　自分が知らなかったところで起きていたこと。それを理解はできても、噛み砕けるかどうかは別の話だ。

　それでもコンは、当然のように自信に満ちた微笑みを浮かべた。

「かかわりついでに、おまえさんにはひとつ教えておいてやろうか。〝憑かれている〟という表現は、なんとも人間本位な解釈だよ。いいかい？　この世には、おまえさんたちが気づかないだけで、たくさんのあやかしが存在する。オレやこの蛇みたいにね」

　そういえば前にも、そんなことをコンは言っていた。記憶を呼び覚ましながら見つめる浩平に、コンはニッと目を細めた。

「だから、こちら側から言わせてもらえば、ただの共存でしかないんだよねえ。そしておまえさんのように、対等に話をできる人間は多くない。故に、オレは浩平を好いているんだよ。とりわけ、人間のなかではね」

ときどき、愛がどうのとコンはからかっていたが、あれはあながち冗談ばかりではなかったのかもしれない。今の言葉で浩平はそう思ったが、仮に本心だとしても、それはそれで対応に困りそうだ。

「それで、蛇」

次いで目を向けたコンを、シロがジトリと見あげる。

「蛇には違いないが、おぬしにそう呼ばれると癪《しゃく》に障《さわ》るのはなぜじゃ、狐」

「まあ、小さなことは気にするな。これがオレのスタイルってやつさ。それよりもおまえさん、まだ隠している真実があるんじゃないかい？」

浩平とコンがシロに注目するなか、その姿を直視できずにいるなごみだったが、それでもおずおずと声を出す。

「……お客ってことと？」

彼女の声の調子から、よほど爬虫類が苦手なのだということが窺《うかが》い知れる。

「そうだねえ。さっき蛇は、浩平が幼いころ、いつも供え物を持って来ていたと言っていた気がするんだけどねえ」

ニヤリと目を細めるコンを、シロはジロリと見返す。

「よけいなことを——狐の口は、無駄話を好むようじゃ」

「あの……今の今まですっかり忘れとったんやけど……それ、玉子焼きじゃなかですか？」

シロが離れて胸の奥が解放されたせいか、遠くに感じていた過去の光景が水面に浮かびあがるように、ゆっくりと浩平の記憶を呼び起こしていた。

あのころ、せめていっしょに過ごす時間にはたくさんの母の笑顔が見たい……と浩平なりに考えて、母がいつも作ってくれた玉子焼きを、浩平も見よう見まねで作っていた時期があった。

母のように真んなかに明太子を巻くことまではできず、ところどころが焦げていた、黄色だけの玉子焼き。

ときどき、スクランブルエッグにしたほうがマシなんじゃないかというくらいに形が崩れていることもあったが、気が向いたときにそっと、公園のすみの社にもお裾分けをしていた。

「あれ、次の日に見たらなくなっとったけん、のら猫かなんかが食べようっちゃろうと思っとったんやけど……」

「我に供えられたものじゃ、責任をもって、我が食べておった」

「そ、そうやったんですね」

忘れかけていた記憶を掘り起こされて、浩平はやけに気恥ずかしかった。

シロは浩平を見つめたあと、なごみの顔を見た。

「そうじゃ……客としての注文が必要とあらば、お嬢さん、我は浩平の玉子焼きが食べたい」

「浩平の――って、料理を教えよう立場から言わせてもらうけど、浩平はまだ、だれかに料理を出せるレベルじゃなか」

「承知のうえじゃ。あえて頼んでおる」

「でも……」

浩平をちらりと見るなごみの表情に、浩平は首を傾げる。

「なごみさん、なんか言いたそうやないですか？」

「……作れんやろ玉子焼きとか、アンタ不器用やし」

「オブラートにも包まん言い方をするとですね」

「だって餃子んとき……酷かった」

「今ん間の長さが、なんか実感こもってましたよ」

苦笑いする浩平の隣で、声を抑えてクックッと笑っているコンを、浩平はジトリと睨む。

その目の前で、シロがあっけなく告げた。

「浩平に料理センスが欠落していることは、お嬢さんより昔に知り得ていること。百も承知じゃ」

「！　欠落っ」

なごみよりもさらにダイレクトな言い方をしたシロに、コンはとうとう堪えきれずに声をあげて笑い出した。

自分はいつから、こんないじられキャラになったのかと、思わずため息がこぼれそうになる浩平に、なごみが静かに訊ねてきた。

「……どうする？　浩平」

寂しい自分の心を、ずっと守ってくれていたシロ。成人式の翌日にコンと出会わず、この屋台にも巡り会っていなかったら、誰にも気づかれないままシロは番人を続けていたのかもしれない。

浩平でさえ知らないところで、ひっそりと。

「教えてください」

気持ちより早く、口が動く。

なにより、この注文を受けることでシロも——そして浩平自身も、なにかの区切りがつけられそうな、そんな気がした。

「できるだけがんばります。なごみさん、綺麗な形になるやり方ば、教えてください！」

「……面倒くさかね」

抑揚のない声で、なごみがぽつりとつぶやく。あまり乗り気ではなさそうな気配に、今度は頭をさげようと、浩平は勢いよく立ちあがった。

しかし目の前には、想像とは真逆の表情をしたなごみがいた。

「あ、あれ？」

「なんボケっとしとうと、早く厨房に入りい。知っとうと思うけど厳しかよ、わたし」

どこかやさしい微笑みを浮かべたまま、なごみは浩平に声をかける。

声色とは裏腹な表情に意表を突かれながら、浩平は明るい声で「はい！」と返事を返した。

ときほぐした卵の液に砂糖は小匙《こさじ》ひとつと半分、塩はほんのちょっとだけ。すこし甘めにするのが、母の玉子焼きだ。

「砂糖が多めの卵は、焼くときに焦げやすい」

「あ、そっか。やけんぼくが作るときはいっつも、すぐに焦げよったんですか」

「火」

「へ？」

「火加減。そげんガンガンに強くしとったら、いくら腕が立つもんが作っても焦げるやろ」

「そ、そうですねっ」

厳しい、とは言いながらも、ひとつひとつを丁寧に教えてくれるなごみは、やはり面倒見がよいのだ。

慌てて火加減を調節しながらニヤける浩平のうしろ頭を、なごみが平手で打つ。

「気ぃ抜いとう場合じゃなかやろ！」

「！　はい、すみませんっ」

なごみの指示どおり、浩平は弱火から中火のあいだくらいの火加減をキープして、しっかりと熱した玉子焼き用の四角いフライパンに、薄くサラダ油を伸ばす。

「卵はすこしずつ、流し入れるとよ」

「はいっ」

最初の卵液をフライパンに流し入れた瞬間、ジュワッと弾ける音が聴覚を支配する。

料理は出される側だけじゃない、作る側も五感に刺激を受けるのだ。

そんな、当然ともいえる実感を抱きながら、熱い鉄のうえでフツフツと焼かれている黄色をじっと見つめる。

「玉子に完全に火が通らんくらいに、明太子」

表層はまだ半熟気味のところに、言われた通り明太子を置く。

「巻いて」

さほどの厚みもない玉子で、明太子を巻く。

「うわっ、破れますっ」

「まだどうにかなるけん、早く巻く!」

「は、早くって――なんか団子になりますけど!?」

「そげんことはあとでごまかす! ほらバカ、焦げるやろっ」

口で言うのは簡単そうだが、浩平には至難のわざだ。

なごみが厨房に立っているときには、ときどきカチャンと器の音がする程度で、とても静かだ。

しかし今は、それとはほど遠く……。

「――この、ヘタクソ!!」

なごみの叱咤する声が響き渡っていた。

＊＊＊

グラウンドを猛ダッシュで二週くらい走れば、同じくらいの疲れを感じるのだろうか。

そう思えるほど疲労困憊している浩平に、シロが言う。

「ああ、あのころを思い出すようじゃ」

「さすがのなごみでも、浩平が相手となれば骨が折れたかい？」

からからと笑いながら言ったコンの手には、浩平が作った、出来立ての玉子焼きがほこほこと湯気をあげている。

あのころ、シロの社にお供えしていたものよりも、はるかに見映えはいいけれど、

「不味そう、ですね」

自分で認めてしまう程度に、焦げていてひどい形だ。

「最大の努力はした……わたしも、浩平も」

めずらしく口やかましくしたせいなのか、喉に手を当てながらなごみは息をついている。

「蛇、おまえさん本気でこれを食うつもりかい？」

冗談っぽく言いながら、コンはシロの目の前に皿を置く。

「なにを至極当然なことを訊いておる。我はこれが食べとうて、注文したまでじゃ」

「し、シロさん、無理せんでも、もう一回なごみさんに作り直してもらえば……」

シロが、言いかけた浩平を横目で睨み付ける。それを静かに見つめていたコンが、ぽつりとこぼす。

「なるほどねえ。真実が見抜けない、か」

コンの言葉に、なごみと浩平は不思議そうに顔を見合わせる。

「なんの話ですか、コンさん?」

「浩平、おまえさんのなかから蛇を抜き出したとき、こいつが言っていた言葉を覚えているかい?」

「言葉……?」

「『真実も分からぬものに、色がどうのと言われとうはない』って、蛇は言ったんだけどねえ」

振り返ってみれば、そんなことをシロが言っていたのを思い出す。

たしかシロの名前を聞いたとき、「見た目の色とは真逆の名だ」と、コンが言ったあとだ。

「いいかい、浩平。オレは無駄な話はしない主義なんだよ」

「いや、真実の愛がどうのとか散々言ってきとってのそれは、あんまり説得力ないですけど……」

「それはオレにとっちゃあ、無駄な話ではないからねえ」

「ぼくに言わせれば、無駄のかたまりなんやけどな」

白けた目線の浩平を笑いとばして、コンはのんびりと足を組み替えた。

「オレに見えているってことは、蛇にはとっくに見えていたはずだ。今回の鍵は浩平、おまえさんの玉子焼きさ。なあ？　シロさんよ」

挑戦的に細めた目に、コンはシロの姿を映す。

その視線から顔を背けたシロは、浩平の顔を見つめて言った。

「最後の役目として、気まぐれに自ら始めたことではあったが……我はおぬしを、すこしは救うことができおったか？」

浩平を見つめる蛇らしい鋭い瞳孔《どうこう》の奥に、なぜだか温かみを感じてしまう。その感覚はたしかに、いつも自然に、自分のそばにあったと確信が持ててしまった。

「今日、シロさんに会わなければ、ぼくはずっとあなたの存在には気がつかんかったかもしれません。でも……今はここが軽くなったこともやけど、なんかぽっかり穴が空いたような、もの足りん感じがするんです。それはたぶん、自分でも気づかんうちに、シロさんに守られて救われとった証拠やと思います」

端的にきっぱりと、「救われていました」と返してやれないことが、申しわけない。

けれど浩平は、正直な本音を言った。

「……そうか。では久方ぶりにいただこうか、浩平の玉子焼きを」

それでもシロは満足そうな声で返して、目の前の不格好な玉子焼きに、ガブリと食らいついた。

その直後、一瞬だった。

「っ、シロさん⁉」

どの屋台の灯りよりもひときわまばゆく、チカチカと目がくらむほどの発光が店内を包んだ。

そうして気がつけば、

「へえ。それが、おまえさんが隠していた真実だったかい、シロ」

目の前にいたのは真っ黒な蛇ではない、神々《こうごう》しくも見える、美しい真っ白な蛇の姿があった。

「シロさん、身体の色がっ」

「いかにも。これが本来の我じゃ」

真っ黒だったのは、浩平の心を守りはじめてからずっと、できる限り浩平の寂しさを身体全体で掬《すく》いとっていたため。

それでも、完全に取り除いてやれなかったのは己の力量不足なのだと、シロは言った。

不思議な存在との共存……すこし前にコンが言ったことを、浩平は思い出す。

人間とは違う存在にも、これほどにやさしい心を持つ者もいる。それに気づけない人間じゃなくて、良かった。

なごみ亭で、なごみに——コンに出会えて良かったと、心から思える。

「さて、このような日が訪れたということは、我の役目もいよいよ終《しま》いということじゃ」

「シロさん、あの——」

「……浩平も、あのころよりは成長した。もう平気なはずじゃ、ひとりでも」

〝ひとり〟という響きに、浩平は戸惑う。ここでシロの存在を知らなければ、当然ひとりだと思って生きていたはずなのに……と、おかしさがこみあげてきた。

「はい。明日にでも母さんに作ります、シロさんが食べてくれとった玉子焼き。それで、伝えます。あのころの気持ちを。言葉にせんと伝わらんって、コンさんも言いよったし！」

「その言葉が聞けて、我は安心した」

うなずいて、やさしく目を細めたシロの身体が、だんだんと薄くなっていく。

「シロさん、なんか……」

戸惑う浩平の対面で、コンが言う。

「蛇、そろそろ時間切れみたいだねえ」

「……そのようじゃ」

「時間切れって、コンさんそれ、どういうことですか!?」

「浩平、蛇自身が言っただろう？　おまえさんの守《も》りが、この者の最期の役目だった。それが今日、終わったのさ」

　コンからの返答に、浩平は言葉をなくした。

「そのような顔をするでない、浩平。この狐が無理矢理にでも引きずり出していなければ、おぬしと我は本来、こうして話もすることなく離別していたのじゃ。おかげで、とても良い最期を迎えられる……あのころの供えものの礼が、直接伝えられるからな。感謝する、浩平」

　喋っているあいだにも、シロの身体は透けていく。

「そ、それはぼくが言うことやん！　シロさん、こげんぼくんこと、今まで守ってくれて――っ、ありがとうございました!!」

　その身体が完全に空気に溶けてしまう前に、必死で投げた言葉。

　消え行く直前、浩平の「ありがとう」という言葉にシロが微笑んだように見えたのは、きっと気のせいではないだろうと浩平は思った。

＊＊＊

蛇神さまのなかで白蛇が生まれることは稀で、それゆえに昔から、人間の世界でも神さまからの特別な使者なのだと、大切にされてきた。山口県では、白蛇神社があるほどだ。調べてみると、あの白色はアルビノという遺伝子の異常だと、なんとも夢がない事実を知ったが、そんなことはどうでもいいと思えるほどに、シロの本来の姿は美しかったと浩平は思う。

シロの存在を知ってから一週間が経ったあの日から、これまでのことが夢だったように味覚は正常に戻り、食べることを楽しめない浩平は、それこそ過去の自分となっていた。

「いやー、難儀なもんばい、なごみちゃん！」

今日も顔を出してそうそう、千香の相談をしている邦男は、大きな声をあげて苦笑いを見せている。

すでに嫌われているのなら、逆にしつこいくらいに自分から話しかけていけばどうか。

そんななごみのアドバイスを、この一週間に実行したらしいが、なかなか和解には至らずにいるようだ。

「……大丈夫ですよ、邦さん。たぶん娘さんはぜんぶ分かっとうはずやけん、邦さんと奥さんが、自分のためにがんばってくれとったことは。ただ、消化するのに時間がかかっとうだけですよ」

なごみの隣で話を聞いていた浩平が、代わりに答える。

ついロを出してしまった……と、ハッとして邦男を見ると、唖然という言葉がものすごく似合う顔をしている。

「なんや浩平、えらい達観したような言い方ばしてから。この一週間でおまえ、なんか壮絶な経験でもしたとや？」

訊かれて、浩平は寸分迷ったあと、ニッと笑う。

「やさしさば知っただけです。いろんな種類の！」

母や邦男の見守るやさしさ、なごみの分かりにくいやさしさ、コンのマイペースなやさしさ。

そして一〇年ぶんの、シロの静かなやさしさ。

これは、浩平がなごみ亭にたどり着かなければ、知ることはなかったものだ。

ぽっかりと空いた、けれど温かな余韻を残した自分の胸元に、浩平はそっと触れる。

かたわらから、邦男に出すためのがめ煮の匂いが立ちのぼってきて、鼻先をかすめた。

「ぼくも食べたかぁ、がめ煮」

ぽつりとつぶやいた浩平を見あげて、なごみが淡々と言った。

「……ちゃんと仕事したらね」

「！　はいっ、しっかりお客さんば連れてきます！　コンさん、呼び込みいきますよっ」

「なんだい、浩平ががめ煮を食べるために、オレまで道連れかい？」

「呼び込みはコンさんの仕事やろっ、ほら、行きますよ！」

悠然と椅子に座るコンの腕を、浩平はグイと引っ張る。

「あー、はいはい。しょうがないねえ……じゃ、なごみ、ちょっくら行ってくるよ」

「いってらっしゃい」

通りに向かって賑やかに出ていくふたりの背中を、なごみは密かに微笑んで見送った。

那珂川通りの屋台、なごみ亭。

金曜日、その屋台では、切なくて温かい不思議な出会いが待っている。

番外夜・ある日、彼女の憂鬱

「なごみさんって、いっつも落ちついとうですよね」

浩平がこの店とかかわりを持ってから、半年が過ぎたころだ。ふとそんなことを、浩平はなごみに言った。

「……アンタが慌ただしいだけやない？」

「いやいや、そんなことはないですよ！　小さいころからずっと、なごみさんはそんな感じやったとですか？」

「さあ、自分ではよく分からんけど」

ふたりの会話をカウンター越しに聞いていたコンが、何度もうなずいている。

「そうそう、今のまま丸っきり小さくした感じのこどもだったねえ。やけに冷静すぎて、可愛げがなかった」

「可愛げって……コンさん、ちょっと言いすぎじゃ………」

慌ててフォローを入れながら、浩平はなごみを見る。

なごみはわざと、鋭い目を向けてみた。

「――なんや？」

「ほ、ほらっ、コンさんのせいでなごみさん怒っとうやないですか！」

予想通りうろたえる浩平に、なごみは思わず口元がゆるむ。

けれどそれは、他人から見ればいつもと同じ、変化のない表情でしかないらしい。

――意識しとうわけじゃ、なかっちゃけどな……。

そうは思いつつも、それを口に出したところで劇的な変化もなさそうなので、いつもひっそりと、なごみは思いとどめるだけだ。

「あの、なごみさんって苦手なもんとかないんですか？」

自分とは正反対に、思ったことを素直に顔に出す浩平。

――たしか、六つ年下って言いよったし、これが若さってやつかいな？

そう思いながら見つめていると、浩平は突然、顔色を窺うようにしてきた。

「や、別に、答えたくなかったら、無理に答えんでもよかですよ⁉」

それにしても、本当によくここまでコロコロと表情が変わるものだ。

内心でそんなことを考えながら、なごみは答えた。

「爬虫類」

「あー、それは、はい。シロさんのときに」

「あと……大木」

「へ？　た、たいぼく？」

「そう、大木」

「それ、大きいに木って書く……？」

「ほかに変換があるなら、教えて」

その返答に、浩平は困惑した様子を見せる。

こうまで、見ていて飽きない人種は今までいなかったと、なごみは観察でもするように浩平を見つめる。

「こ、コンさんコンさん！」

コンを呼んだ浩平は、なごみの返答についての見解を語りはじめた。

なごみが「大木」と答えたのには、きちんとした理由がある。

浩平との初対面となったあの日、彼がなごみ亭に来るまで、なごみを見おろすのはコンだけだった。

それがもうひとり、自分を見おろす存在が増えてしまった……というのが、なごみから見た浩平への第一印象だった。

それまではとくに、自分の背丈の低さを気にしてきたことはなかった。

しかし、無駄に背が高いふたりから見おろされるのも、なんというか……。

「ムカツク」

なごみがひとことぽつりと落とした言葉に、浩平は慌ててコンを肘で小突く。

「な、なんかなごみさんが怒っとうです、コンさん!?」

「浩平、おまえさんがなにか、地雷でも踏んだんじゃないのかい？」

からからと笑うコンの隣で、浩平はひたすら、なごみという生き物の解読に必死なようだ。

ふたつの大木を前に、なにか憂鬱な気分にさせられているなごみの謎は解明されないまま、なごみ亭の暖簾が、やさしく夜風に揺らされた。

双葉文庫

し-37-02

あやかし屋台《やたい》なごみ亭《てい》

金曜《きにょう》の夜《よる》は不思議《ふしぎ》な宴《うたげ》

2016年11月13日　第1刷発行

【著者】
篠宮あすか《しのみやあすか》

【発行者】
稲垣潔
【発行所】
株式会社双葉社
〒162-8540 東京都新宿区東五軒町3番28号
［電話］03-5261-4818(営業)　03-5261-4827(編集)
www.futabasha.co.jp
(双葉社の書籍・コミックが買えます)
【印刷所】
中央精版印刷株式会社
【製本所】
中央精版印刷株式会社

【表紙・扉絵】南伸坊
【フォーマット・デザイン】日下潤一
【フォーマットデジタル印字】恒和プロセス

落丁・乱丁の場合は送料双葉社負担でお取り替えいたします。
「製作部」宛にお送りください。
ただし、古書店で購入したものについてはお取り替えできません。
［電話］03-5261-4822(製作部)

定価はカバーに表示してあります。

ISBN978-4-575-51948-8 C0193
Printed in Japan

FUTABA BUNKO

雨の日のきみに恋をして
Yumi Matsuo
松尾由美
二匹の猫の世話を条件に叔母のマンションに引っ越したぼくは、ある雨の夜、部屋で女性の声を聞いた。「わたしは幽霊です」と言う彼女は、自分を殺した人を捜してほしいという。戸惑いながらも、真相究明に乗り出したぼくは、いつしか、雨の日にしか現れない彼女に恋をしていた。そして、すべての謎が明かされたとき――奇跡の恋を描いた感動のラブストーリー『雨恋』が、装いも新たに！